요
요
일
기

요요일기

새로운	자신의 일과
요리를	요가를
사랑하는 여자	사랑하는 여자

오 ✕ 양
힘   배
     쓰

글·그림

자음과모음

공유

오힘

저는 공유를 참 좋아합니다.

넘치는 부분과 부족한 부분을 서로 채워 나갈 수 있다는 의미의 단어, '공유'도 좋아하고, 자신의 넘치는 미모를 대중에게 공유하며 웃는 모습이 참 예쁜 배우, 공유 씨도 좋아합니다.

저희의 글은 즉흥적으로 시작되었습니다. 2020년, 신종 코로나바이러스 감염증(이하 '코로나')이 찾아와 강

제로 맞이한 비수기에 '놀면 뭐 하나, 돈이나 까먹지!'라는 생각으로 양배쓰 님과 함께 이 새로운 도전에 뛰어들었습니다.

양배쓰 님과는 플리마켓에서 셀러로 만나 요가와 요리, 여행 등 다양한 주제를 가지고 이야기를 나누면서 친해졌습니다. 코로나로 인해 만날 수 없는 대신 서로를 알아가고 현재를 기록하며 관계를 잘 이어가고 싶은 마음으로 이 교환 일기를 쓰게 되었습니다. 지나고 보니, 힘들고 무서운 시기를 서로의 글과 그림으로 환기하며 버틸 수 있었습니다.

저는 요리하는 행위를 사랑합니다. 지난겨울 막걸리까지 담근 사람이라고 말하면 어느 정도인지 아시겠죠? 생소한 식재료를 가지고 요리하거나, 맛보는 일을 좋아하고요. 요리책, 요리 프로그램, 식재료에 대한 다큐멘터리, 유튜브를 보는 것, 식당에서 먹은 음식을 따라 하는 것을 좋아합니다. 여행을 가면 꼭 해보는 것 중 하나는 현지음식을 만드는 요리 수업입니다. 요리 중에서는 딱 한 접시에 채워지는 간단하고 맛있는 요리들을 좋아합니다.

요리는 종합 예술 같아요. 미술은 색감과 질감을, 음악은 소리를, 무용은 움직임을 통해 표현된다고 생각합니다. 다양한 색감과 질감의 식재료, 요리할 때 나는 여러가지 소리, 맛있는 음식을 먹는 사람의 행복해하는 제스처, 이런 것들이 요리를 종합 예술로 느껴지게 합니다. 이것은 제가 요리를 좋아하게 된 이유이기도 합니다.

이 프로젝트는 제가 부족한 부분을 양배쓰 님이 채워주고 저의 넘치는 부분을 양배쓰 님께 드리고자, 서로의 글을 공유하는 데서 시작되었습니다. 제가 전하는 요리 이야기와 양배쓰 님이 전하는 요가 이야기를 통해 저희는 즐거운 여정을 함께했습니다. 이 책을 읽는 분들도 읽는 동안 즐거운 여정이 되길 바랍니다.

타이밍

양배쓰

저희는 아주 우연히 플리마켓 셀러로 만났습니다.

오힘 님의 첫인상은 '스탠리 텀블러'였어요. 커피가 일 리터는 들어갈 법한 스탠리 텀블러를 들고 오시던 모습을 보며 환경을 생각하시는 분이구나 싶었습니다. 저는 텀블러를 사용하는 사람들을 좋아합니다. 전쟁 중 군인의 총알을 대신 막아주고, 온도에 민감한 약을 옮기는 운반함으로 사용되었던 스탠리 브랜드의 역사가 가진 따뜻함도 참 좋아합니다(스탠리의 시그니처 컬러인 빈티지그린 컬러를 특히나요).

'저 분은 뭐하는 분이지?'라고 생각하는 찰나, 오힘 님께서 특유의 거침없는 말투로 저에게 말을 걸어주셨지요. 대화를 하며 저희는 서로의 가치관이 비슷하다는 것을 알게 되었습니다. 하지만 짧았던 대화를 끝으로 저희는 각자의 일상으로 돌아갔습니다.

그로부터 얼마 뒤, 오힘 님께 연락이 왔습니다. 기쁜 마음으로 서로의 안부를 묻다가 오힘 님께서 교환 일기를 제안하셨습니다. 저는 코로나에 발이 묶여 지루하던 찰나에 "OH! YES!"라고 외쳤지요. 마침 둘 다 브런치라는 플랫폼에 서로 다른 주제로 글을 쓰고 있었기 때문에, 각자의 브런치에 한 화씩 글을 올려 주고받으면 그만이었습니다. 그리하여 저희의 요리와 요가 이야기가 시작되었습니다.

사실 저는 그야말로 요. 알. 못. 요리를 잘 알지도 못할 뿐더러 끼니를 자주 거르고, 시간이 아까워 삼각김밥을 걸어 다니면서 먹고는 합니다. 여행을 가면 가장 먼저 줄이는 것은 식비입니다. 그렇게 줄인 식비로 한 곳이라도 더 기웃거릴 차비를 확보하거나 빈티지 옷을 몇 벌 더 삽니다. 이처럼 저에게 먹는 건 인생에서 그다지 중요하지 않은 문제였습니다. 그런데 그 중요하지 않은 문제가 이제는 진짜 '문제'가 되어버렸습니다. 머리카락이 빠지기 시작했거든요! 이게 바로 현대인의 영양실조 증상 중 하나일까요?

몸이 좋아하는 것으로 잘 챙겨 먹는 일도 요가의 한 부분이라고 합니다. 그래서 대체 어떻게 먹어야 잘 먹는 것일까? 하는 고민을 갖고 있었습니다. 오힘 님 역시 요가에 지대한 관심을 갖고 있으셨고요.

어쩜, 타이밍이 기가 막히지요!

비슷하면서도 다른 저희가 만나 어떤 이야기로 이 교환 일기를 채워나갈지 궁금합니다. 너무 너무 너무.

양배쓰

차 례

지구를 지켜라

오힘

　　양배쓰 님이 '오힘'이라고 부를 때마다 힘이 나는 것 같다는 말씀을 해주셨던 적이 있습니다. 제 이름(필명)을 부를 때마다 힘이 난다는 표현은 처음 들었는데요. 제 이름이 더 특별해진 기분이라 너무 마음에 들었습니다. 간혹 힘이 필요할 때마다 잘 꺼내어 되새김질하고 있습니다.

　　앞 문단에서 '표현'이라는 단어를 언급했습니다. 표현의 시대인 만큼 단어의 정의를 제대로 알고 써야 하지 않겠습니까. 그래서 표현의 사전적 의미를 찾아봤습니다.

표현

1. 생각이나 느낌 따위를 언어나 몸짓 따위의 형상으로 드러
   내어 나타냄.

2. 눈앞에 나타나 보이는 사물의 이러저러한 모양과 상태.

>> 출처: 국립국어원 표준국어대사전

　표현이라는 단어가 가지고 있는 뜻도 좋고, 발음할
때 첫 음절에는 입을 모았다가 '현'을 말할 때 입꼬리가
넓어지는 모양도 정말 좋습니다. 한글 최고, 세종 대왕님
최고입니다. 저희가 이렇게 교환 일기를 나누는 것은 좋
은 표현의 방법이라 생각합니다. 각자의 생각이나 느낌
따위를 활자로 드러내고 있는 것이고, 읽는 상대에게는
글로서 이러저러한 모양과 상태가 전달되니까요.

　오후 8시를 향해 가는 시간에 창문을 열어두니 고요
하고 얕게 불어오는 이 차가운 공기가 좋아 기분이 아주
살랑살랑합니다. 저는 사계절 중 여름이 좋습니다. 제가

여름을 얼마나 좋아하냐면요, "그냥 아무 이유 없이 좋습니다!"라고 말하면 저의 마음을 양배쓰 님께 전달할 수 있을까요?

여름의 밤은 무섭지 않아 좋아요. 해가 길어 공원에 가면 밤늦도록 산책을 하는 사람들, 자전거 타는 사람들, 맥주를 마시는 사람들, 휴식하는 사람들이 보입니다. 그리고 초록초록한 산과 들, 푸르른 바다 어디든 가볍게 단벌로 움직일 수 있고, 빨래도 정말 잘 마르죠. 여름에는 과일, 채소도 아주 저렴해서 좋아요. 또 여름에는 더우면 샤워를 하거나 물속에 들어가면 더위가 가시지만, 겨울은 아무리 껴입어도 추워요.

여름이 좋은 만큼, 여름의 요리도 좋아합니다. 무엇보다도 여름의 요리는 대체로 전기와 불 없이 요리할 수 있는 레시피가 많습니다.

저희 집은 오랜 시간 전자레인지 없이 지냈습니다. 그러다 보니 자연스레 전자레인지를 사용하는 습관이 없습니다. 냉동실에 있는 음식은 거의 쪄 먹거나, 팬에 부쳐 먹는 수준이에요. 그래서 지금도 냉동 핫도그나 남은 피자는 찜기에 쪄 먹어요. 건강을 챙기려고 전자레인지를 없앤 건 아니지만 지금 와서 보니 건강에 좋은 습관이 되었습니다. 무엇보다 음식을 찜기에 찌면 전자레인지에 돌렸을 때보다 음식이 아주 촉촉하고 부드러워요. 양배쓰 님께도 추천드립니다(단, 시간이 걸리니 너무 배고플 땐 시도하지 마세요).

평소 건강하게 먹는 편이라 생각하지만, 사실 새우버거와 마요네즈를 좋아하다 못해 사랑합니다. 또한 면 마니아라서 국수를 매우 좋아합니다. 먹을 때 면이 후루룩 넘어가는 식감이 좋아요. 그래서 뒤늦게 불닭볶음면과 짜파게티를 섞어 끓여 먹고 다행이다, 싶었습니다. 이렇게 맛있는 조합을 이제야 알아서 살았다 싶었어요. 일찍 알게 되었다면 계속, 몇 번은 더 먹었을 테고 분명 건강에 좋지는 않았겠죠.

다행스럽게도 저는 라면을 정말 못 끓입니다. 제가 끓이면 왜 이렇게 맛이 없을까요? 역시 라면은 남이 먹으려고 끓인 걸 옆에서 한 젓가락 뺏어 먹는 게 세상에서 제일 맛있는 것 같아요. 양배쓰 님은 라면을 잘 끓이시나요? 무슨 요리를 잘하시는지도 문득 궁금해지네요.

양배쓰 님과 연락을 주고 받으며 추천받은 요가 동작을 잠깐 티브이를 보거나 음악을 들을 때 짧게나마 따라해보고 있습니다. 그러면서 요가를 꾸준히 해오신 양배쓰 님께 질문하고 싶은 것들이 생겼어요.

1. 요가 매트에 앞뒤가 있나요?
2. 요가 매트 위에서 동작을 하다 보면 발이 밀립니다. 왜 그런 건가요?
3. 요가 매트 관리는 어떻게 하면 좋을까요?

여름에 더욱 힘이 나는, 오힘만의 '최고의 요리 비결'에 소개할 음식은 두부 요리입니다. 이 요리는 주방 세제 없이 설거지가 가능합니다. 맛있고, 재료 하나 버릴 것도 없고, 무엇보다 간편하고 든든합니다.

코로나 동안 깨끗해지는 지구를 보며 인간이 지구를 너무 함부로 대한 건 아닌지, 지구가 아프다고 우리에게 코로나를 통해 메시지를 보내는 것은 아닐지라는 생각을 많이 했습니다. 그래서 아픈 마음을 딛고 지구를 위한 사소한 일들을 지키고 실천해보려고 하고 있어요. 주방 세

재료

- 두부 1모

- 육수용 재료: 물 800ml, 다시마 손바
  닥 크기 1장, 똥을 제거한 멸치 10마
  리, 말린 표고버섯 3개, 무 껍질, 당근
  껍질, 파 뿌리, 천일염, 국간장

레시피

1 냄비에 멸치와 다시마를 넣고 중간 불
   로 5분 정도 볶아준다.

2 멸치가 진한 갈색빛이 돌면 준비된 물
   을 붓고, 나머지 재료도 넣어 센 불로
   푹푹 끓여주다가 중간 불로 줄이고 다
   시 끓여준다.

3 육수 내는 시간은 20~30분 정도로
   생각하면 된다.

제를 가급적 사용하지 않으려는 것도 그중 하나입니다. 별생각 없이 세제를 편리하게 사용했던 그동안의 생활을 고치기란 여간 쉽지 않지만, 여러 방식을 시도해보며 노력하려고 합니다.

⌒깔끔 두붓국

이 음식에 필요한 육수를 만들 때 평소 우리가 자주 먹는 채소인 무와 당근, 양파 등은 껍질째 깨끗하게 씻어 내고, 껍질은 용기나 팩에 담아 냉동실에 보관하세요. 파를 씻을 때 뿌리는 흙이 많이 묻어나니 빡빡 문질러 씻어 내거나 반나절 동안 물에 담가 놓으면 깨끗하게 씻깁니

---

4 육수를 내는 동안 자주 들여다볼 수 없다면 물을 여유롭게 넣고 끓여준다.

5 다른 냄비에 두부가 잠길 만큼 물을 넣고 데친다. 모든 면이 익도록 돌려가며 데쳐준다.

6 데친 두부를 먹기 좋게 자른다. 아기가 먹는다면 잘게, 어른이 먹는다면 도톰하게 썰어 그릇에 담는다.

7 끓인 육수는 간장을 1큰술 넣어 색을 내고, 천일염으로 부족한 간을 본다.

8 체를 이용해 채소를 건져내고, 두부를 담아둔 그릇에 맑은 육수를 부어준다.

다. 육수를 낼 때 이 모든 것을 넣어 푹푹 끓여내면 육수 맛집으로 인정받을 수 있습니다. 그뿐 아니라 음식물 쓰레기도 줄일 수 있습니다.

표고버섯은 시장에서 상처 난 버섯을 오천 원어치 사서 날 좋을 때 말려두었다가 냉동실에서 꺼내 쓰면 됩니다. 그때의 쏠쏠함은 왠지 모를 뿌듯함을 안겨줍니다.

이 두붓국은 요리부터 설거지까지, 간단하고 따듯한 음식입니다. 육수는 넉넉하게 만들어두었다가 냉장 또는 냉동 보관 후에 잔치국수, 된장찌개 육수 등 여러 가지로 활용할 수 있으니 다양한 요리로 즐겨보시길 추천합니다.

양배쓰 님의 식탁이 풍요롭고 따뜻하길 바랍니다.

일상, 키라키라!

양배쓰

유난히 바람이 많이 부는 봄의 끝자락. 날씨가 이상하게 예년에 비해 추워서 몸이 으슬으슬하네요. 그래서인지 건강이 염려됩니다. 저의 건강은 안녕합니다. 오힘 님 건강도 안녕하신가요?

일상

: 날마다 반복되는 생활.

　(*유의어: 늘, 보통, 생활)

키라키라

: 일본어로 '반짝반짝'이라는 뜻.

    오힘 님의 SNS를 보면 '일상을 참 잘 살아가고 계시는구나~'라는 생각이 듭니다. 지나칠 수 있는 작은 순간들을 사진으로 담아 SNS에 올리시는 걸 보면 매일 똑같다고 느껴지는 일상도 이렇게 반짝거리는 것이었구나! 하고 다시 생각하게 돼요.

    얼마 전 날씨가 청명하게 맑은 날, 오힘 님의 SNS에서 풀과 꽃이 담긴 싱싱한 기록을 보고는 문득 산에 가고 싶어졌어요. 요가 수련을 마치고 지하철을 타고는 가까운 산으로 향했습니다. 혼자 산을 오르는 첫 순간이었죠. 그럴 거라고 생각은 했지만 역시 좀 쓸쓸했습니다.

    하지만 그것도 잠시, 바람에 흔들리는 여리여리한 잎들이 너무 예뻤어요. 잎을 사락사락 만져보고 문질러 냄새도 맡아보았습니다. 향긋한 풀 내음에서 봄이 담뿍 느껴졌어요. 바람에 흔들리는 잎들을 보면서 '모든 것은 참 쓸쓸한 거구나. 나만 그런 게 아니구나' 생각하는데

일상, 키라키라!

26

신기하게도 쓸쓸함이 좀 가시더라고요. 그때 찍은 일렁이는 잎이 우거진 산의 영상을 힘들 때면 종종 들여다봅니다. 자연이 주는 안도감이 느껴져서요. 그래서 이 아름다운 풍경을 누군가와 나누고 싶어져 영상을 그리운 사람에게 보냈습니다.

『요요일기』를 시작하기 전, 저희가 주고받던 메일에 오힘 님께서 보내주신 영상이 있습니다. 새벽 요가를 마치고 집으로 돌아가는 길에 찍은 강 영상이었죠. 반짝반짝 빛나는 전주천이 정말 예뻤던 기억이 납니다. 오힘 님께서 어떤 마음으로 그 풍경을 찍으셨을지, 이제 조금은 이해가 됩니다.

그 반짝임과 닮은 일상의 순간이 또 있어요. 저는 여름밤 길을 어슬렁어슬렁거리며 마시는 '길맥'을 좋아합니다! 거기에 곁들일 안주로는 새우버거! 오힘 님의 애증의 음식이 새우버거와 라면이라는 사실에 친근해져서 하마터면 "언니!"라고 외칠 뻔했습니다. 물론 건강을 생각해서 자주 먹기를 자제하는 건 저 역시 마찬가지입니다. 그래도 똑같은 라면이라도 치즈를 넣어 먹고, 우유도 넣어 먹어보고, 양배추도 왕창 넣어 먹어보면 특별한 요리로 탈바꿈하지 않나요? 이렇게 별것 아닌 일상을 저마다의 방식으로 '키라키라'하게 만들어가는 것이 지루한 일상을 환기하는 방법이 아닐까 생각합니다.

　　오힘 님의 질문에 저의 소소한 경험을 담아 답해봅니다.

요가 매트 Q&A

1. 요가 매트에 앞뒤가 있나요?

: 기본적으로 매트는 손과 발, 혹은 바닥과 밀리지 않도록 만들기 때문에 어느 쪽을 사용해도 문제가 없습니다. 예전에 친구가 요가를 시작한 지 얼마 안 됐을 때, 옆자리에 계신 분이 매트를 로고 반대쪽 면으로 쓰길래 "매트 뒤집히셨어요" 했다가 "알아요~"라는 대답을 들었었답니다. 괜히 아는 척했다가 너무 민망했었더라는!

2. 요가 매트 위에서 동작을 하다 보면 발이 밀립니다. 왜 그런 건가요?

: 땀이 나면 매트가 밀리게 됩니다. 그래서 아쉬탕가 요가 같은 땀이 많이 나는 양요가는 접지력이 좋은 요가 매트를 사용하거나, 요가 타월에 물을 적당히 적셔 매트 위에 올려놓고 사용하면 밀림 현상을 줄일 수 있습니다. 제가 사용하는 만두카 매트의 경우, 처음 사용 시 밀림 현상이 심해 바다 소금에 물을 살짝 적셔 매트 표면을 살살 문질러주면 덜 밀린다고 합니다(이를 '소금 길들이기'라고 표현하기도 합니다).

밀림 현상은 매트를 지지하는 손의 힘이 충분히 길러지지 않아서 발생하기도 합니다. 손과 연결되어 있는 팔, 어깨의 움직임에 좀 더 집중하면서 매트에 닿은 손을 밀고 당기는 느낌을 잘 찾아보는 것도 밀림 현상을 줄이는 데에 도움이 됩니다.

3. 요가 매트 관리는 어떻게 하면 좋을까요?

: 일반적으로 매트 브랜드에 따라 다릅니다. 천연고무를 사용하는 브랜드의 매트는 포장을 풀고 베란다에 일주일 정도 놓아둬 천연고무 특유의 냄새를 빼주기도 하고요. 그밖에 말랑한 촉감을 가진 매트들은 수건으로 땀과 먼지를 잘 닦아주기만 해도 됩니다.

저의 매트 관리 비법은 요가를 자주 하는 것입니다. 그리고 요가 매트 전용 세척 스프레이를 뿌려 수건으로 슥슥 닦아내면 끝. 요가 수련 전, 마음을 다잡는 신성한 의식으로 매트를 닦는 걸 추천합니다. 수련의 일부라고 생각하면 습관으로 자리 잡아 매트를 특별히 관리할 필요가 없어집니다.

오힘 님의 매트인 룰루레몬 매트는 대부분 앞뒷면을

일상, 키라키라!

골고루 사용합니다. 또 룰루레몬 브랜드의 매트는 양면의 컬러가 달라 기분 따라 투웨이two-way로 쓸 수 있는 장점이 있지요. 저는 만두카 프로라이트 4밀리미터 매트를 사용하고 있습니다.

저의 첫 요가 매트는 집에 굴러다니는 2만 원대의 저렴이 매트였습니다. 저렴이 매트는 가볍지만 앞뒷면 모두 접지력이 부족해 요가를 할 때마다 밀려서 신경이 쓰였는데요. 그래도 그 작고 별 볼 일 없는 매트 위에서 1년 넘게 요가의 세계를 경험했습니다. 저에게는 1년간의 요가 희로애락이 잔뜩 담겨 있는 매트라 각별하여 더 오래 사용하려 했으나 이내 찢어지고 말았습니다. 그래서 곧바로 만두카 브랜드의 요가 매트를 저 자신에게 선물했어요. 근데 웬걸요! 요가 생활이 훨씬 즐거워졌습니다. 저를 즐겁게 해주었던 요가 매트 이야기는 이외에도 너무 많지만 여기까지 해보겠습니다.

글을 보내고 나면 다음에 올 오힘 님의 글을 기다리게 됩니다. 글이 도착하면 설레서 일부러 분위기 좋은 카페의 야외 테이블에서 커피 향을 맡으며 마음을 다잡고 읽어요. 오힘 님의 글은 잿빛 눈으로 업무를 반복하는 저의 일상에 활력이 됩니다. 또 저희의 글 덕분에 사색을 자주 하게 되어 뾰족했던 마음이 둥글어집니다.

　　나마스떼.

추신: 언젠가 우리 새우버거를 사들고 해수욕을 해요. 몸이
　　새까매질 때까지요.

5월의 힘

오힘

　　5월의 봄에는 도톰한 수건을 햇볕에 말렸다가 하루 종일 재채기를 일삼게 됩니다. 나무와 꽃의 계절이라고 해도 될 만큼 송홧가루도 넘치고 꽃가루도 넘칩니다.

　　그래도 계절의 여왕답게 화창한 날씨가 연일 이어져 좋습니다. 그늘진 곳에 앉아 있으면 산들산들한 바람이 불어와 뜨거운 볕 때문에 몸 곳곳에 흐른 땀을 식혀주고, 밤에 창가 옆에 앉아 있으면 고요하게 부는 바람이 집 안

식물들의 잎들을 잔잔하게 흔듭니다. 그 모양새가 마치 같이 춤이라도 추자는 것처럼 보입니다. 습도도 낮고, 벌레도 많지 않고, 따사로운 이 5월을 느끼기에는 24시간이 부족합니다.

양배쓰 님은 어떤 5월을 보내고 계시나요? 저는 서서히 창문을 아주 살짝 열어두고 잠을 자고 있습니다. 송홧가루 날림이 잦아든 것 같아 창문을 열고 자는데, 아침이면 햇살도 좋고, 새소리도 아주 좋습니다. 차 소리는 피처링이라고 해두겠습니다.

저는 저 자신이 컵 안의 물이 금방이라도 넘칠듯 찰랑찰랑 마음이 위태로운 5월을 보내고 있는 것 같지만, 주변 친구들은 평소와 같이 완벽하다고 말해줍니다. 역시 남의 속은 쉽게 알 리가 없죠! 완벽까지는 아니지만, 저 나름의 행복을 찾으며 살아가고 있는 것 같습니다.

황금연휴에는 민소매 옷을 꺼내 입어도 될 만큼 더웠는데, 지난주에 비가 오고 나서는 아침저녁으로 쌀쌀한 바람이 불어옵니다. 봄이 지독하게 가기 싫은 모양입니다.

오락가락하는 날씨 때문인지 요즘 저는 아침 운동도

5월의 밤

34

건너뛰며 숨쉬기 운동만 하고 있습니다. 잠깐 멍하니 있었던 것 같은데 금세 1~2시간이 지나갑니다. 잠시 눈만 붙였는데 눈 떠보니 서울에 온 기분이랄까요?

서울 하니 서울에서 살았던 날들이 문득 떠오릅니다. 서울에서의 날들과 요즘 전주에서 보내는 날들은 다른 점이 많습니다. 서울 생활에서 너무 힘들었던 것은 지옥철을 타는 일, 도로에 차가 정차되어 답답한 것, 어디를 가나 바쁜 사람들과 경쟁으로만 이루어진 생활이었습니다. 고향으로 돌아온 뒤에도 서울에서의 삶만큼 바쁘게 살아가고 있지만, 이곳은 서울보다는 느슨함이 있습니다. 서울에서 꽉 조이는 청바지를 입었다면, 고향에선 청바지를 입긴 했지만, 허리에 밴드가 있어 숨통이 조금이나마 트이는 느낌입니다.

여기서의 삶은 여유와 긴장이 늘 함께 공존합니다. 삶을 살아가는 데 아주 좋은 양분이 되어주는 긴장을 느낌과 동시에 숲속의 반짝이는 별도 즐길 수 있고, 빌딩 속 네온사인의 반짝임도 즐길 수 있습니다. 현실과 직면할 용기를 찾아 헤메고 있는 5월의 오힘입니다.

재료

- 스파게티 면 1인분

- 소스용 재료: 달걀 노른자 2개, 파마산 치즈 30g, 페코리노 치즈 30g, 면수 100ml

- 약간의 소금과 후추

레시피

1 스파게티 면을 포장지에 표기된 시간에 맞춰 삶아준다.

2 준비된 소스 재료는 볼에 모두 모아준다.

3 면을 다 삶았다면 체반에 건져둔다. 이때 면수는 버리지 않는다.

언젠가 산 너머로 보이는 곧은 빌딩들을 한참 동안 멍하니 바라보았습니다. 이내 생각하고 있던 것들이 지워지고 이런 마음이 들었습니다. '집중해야 하는 것과 느슨해도 괜찮은 것을 잘 구별해보아야겠다.' 정답은 사람마다 각자 다 다르니, 편하게 생각해보려고 합니다.

곰곰이 생각해보니 요즘 삶이 지루하다는 느낌이 듭니다. 가끔 화도 내고, "우이씨, 글쎄 말이야!" 이런 몹쓸 이야기도 해가며 지내야 하는데, 외출을 줄이니 자연스레 대화도 줄고, 벌여 놓은 일은 많고, 이것들을 해결하고 매듭지어야 하다 보니 모든 에너지를 일에만 쓰고 있습니다. 저를 위한 근사하고 맛있는 음식도 하지 않고,

---

4 면수가 담긴 냄비에 남겨진 온기로 준비해두었던 소스를 중탕하듯 녹이며 섞어준다. 퍽퍽하다면 면수를 넣어가며 섞는다.

5 소스에 스파게티 면을 넣고 한 번 더 섞어 비벼준다.

6 접시에 담고, 부족한 간은 소금과 후추로 마무리한다.

배를 채울 수 있는 요리만 해 먹고 있었네요. 그래서 오늘은 저를 위해 멋진 파스타를 대접해주기로 했습니다. 또 머릿속이 복잡하고 생각이 많아질 땐 꾸덕한 요리가 제격이라고 생각합니다.

　이탈리아 정통 크림파스타

　오늘의 요리는 이탈리아 정통 크림파스타입니다. 파스타 1인분은 보통 오백 원 넓이만큼의 면을 넣으면 됩니다. 면을 삶는 정도는 브랜드마다 지정된 시간이 다르니 포장지를 꼭 살펴보세요.

　이 레시피를 적어 내려가는 지금 비가 오네요. 사계절의 가수 이소라의 1집 앨범 〈이소라 Vol. 1〉을 무한 반복으로 들으며 저도 크림파스타를 해 먹어야겠습니다.

　양배쓰 님도 알차고 맛있는 주말 보내세요.

낮잠 브레이크

양배쓰

오힘 님, 안녕하세요! 날도 따뜻해지고 새들이 지저귀는 소리가 울려 퍼집니다. 구석구석 "꺄 ~ 꺄~"거리면서 돌아다닐 시기인데, 의외로 제가 요즘 빠진 것은 낮잠 브레이크입니다. 낮잠 자기 참 좋은 계절이에요. 창문을 열어놓아도 괜찮은 날씨. 누워 있으면 좋은 바람이 붑니다.

평일 오전 시간에는 요가를 하거나 라디오를 들으면서 작업을 합니다. 그리고 해가 지기 시작하는 낮 4시 즈

음 낮잠 브레이크를 갖습니다. 왜냐하면 저녁에는 파트
타임 아르바이트를 하고 있기 때문이지요. 9 to 6의 회사
생활을 하고 있지 않기 때문에 시간을 조각조각 잘 사용
해야 하는데, 저에겐 낮잠이 남은 오후를 잘 지내기 위한
최고의 충전이 됩니다.

　　또 좋아하는 낮잠 브레이크의 순간은 주말에 강아지
들과 함께하는 시간입니다. 평일보다 느긋한 주말이 오
면 인센스 스틱을 피워놓고 저에게 찰싹 붙어 앉아 있는
강아지들의 엉덩이 온기를 느끼며 아무 때나 노곤노곤
잠에 듭니다. 평일 동안 몸에 쌓인 피로와 정신적 스트레
스를 낮잠과 타들어가는 인센스 스틱의 연기에 실어 날
려버립니다. 그렇게 자고 일어나면 별 특별할 것 없는 담
백한 집밥을 먹고 가벼운 산책 겸 강아지 똥 누이기와 입
욕으로 하루를 마무리합니다. 마음속에 사랑이 가득 차
는 소중한 순간입니다.

　　인간관계도 그렇습니다. 아무리 친하다고, 가까이
산다고, 매일 보는 관계라고 해도 모든 시간을 함께할 필
요는 없는 것 같아요. 낮잠 자듯 각자가 쉬는 시간을 갖

고 만나면 처음의 프레시한 매력이 다시 살아납니다. 다툼이 있을 때도 누군가가 브레이크를 걸어주면 분노 게이지 100으로 부글부글하던 마음이 맥주 거품이 없어지듯 어느샌가 사악 가라앉더라고요.

요가에도 브레이크 타임이 있습니다. 요가 자세를 할 때 도움이 되는 요가 소도구와 함께 송장 자세를 소개합니다. 요가인들에게 무슨 자세를 좋아하냐고 물어보면 많은 분이 농담 반 진담 반으로 "송장 자세요!"라고 외칩니다. 그만큼 송장 자세는 요가의 중간중간, 그리고 끝을 장식하는 낮잠같이 달콤한 자세인데요. 이처럼 적당한 '쉼'은 우리를 앞으로 더 나아가게끔 해줍니다.

송장 자세와 요가 소도구

송장 자세

송장 자세는 '마치 시체처럼 우리 몸을 움직이지 않고 완전한 휴식 상태에 이르게 한다'라는 뜻을 가진 요가 자세입니다. 주로 땀이 뚝뚝 흐르도록 요가 수련을 한 뒤에 경험하게 됩니다. 오늘도 수고했다고 스스로 자기 자

신을 쓰다듬어주는 것 같은 자세이죠.

　일단 몸에 힘을 빼고 숨을 의식하지 않은 채 쉬면서 천장을 보고 눕습니다. 안정을 찾는 중에는 소음이 신경 쓰일 수 있습니다. 그 소리도 그저 '그러려니~' 하며 가만히 있으면 주변이 점점 고요해짐을 느끼게 됩니다. 이내 잔잔한 바람이 느껴지고, 주변의 백색소음도 점점 섬세하게 들리기 시작합니다. 옅은 미소가 떠오를 때도 있고 생각이 멈춰지지 않을 때도 있어요. 그렇게 5분 정도 가만히 있어봅니다. 일상 속에서 잠깐 명상하듯 송장 자세로 쉬어주는 것만으로도 피로가 싹 풀린답니다.

송장 자세에 도움이 되는 요가 소도구

아이필로우Eye Pillow 아이필로우는 말 그대로 '눈 베개'라고 할 수 있습니다. 안대 모양의 부드러운 천 안에 콩을 넣어 에센셜 오일을 살짝 뿌려주거나 라벤더를 넣어 사용하곤 합니다. 이것을 송장 자세를 할 때 눈 위에 살포시 얹으면 빛을 차단하고, 적당한 무게감이 눈에 안정감을 주어 몸에 남아 있는 긴장을 완화해줍니다.

담요Blanket 송장 자세를 할 때 열이 식으면서 몸이 차가워지지 않도록 가벼운 담요를 몸 전체 혹은 복부 밑의 하체 쪽에 덮어주어 몸을 따뜻하게 유지시켜 줍니다.

볼스터Bolster 볼스터는 길쭉한 베개입니다. 목부터 등 전체에 세로로 놓고 누워 기대면 편안하게 송장 자세에 들어갈 수 있습니다. 단단하고 빵빵한 것을 사용하세요.

송장 자세의 요가 소도구들은 몸의 부담을 덜어주며 매트 위의 몸뿐만 아니라 마음까지 이완시켜 줍니다. 요가 자세를 하면서 몸의 자극이 너무 심하면 소도구들을 적극적으로, 약방의 감초처럼 활용하세요.

요가의 마지막에 송장 자세를 하듯, 쉼이 있는 한 주 보내시길 빕니다.

추신: 이탈리아 정통 크림파스타 레시피 후기
  저는 오힘 님의 레시피를 따라 하는 것도 좋지만 읽
  는 것도 참 좋아합니다.
  파스타! 페코리노 치즈! 파마산 치즈! 중탕! 후추!
  평소에 잘 쓰지 않는 단어여서 발음이 생소하지만,
  이국적인 느낌의 단어들은 기분을 좋게 만들어줘요.
  마치 이탈리아에 여행을 온 것 같아서 들뜬답니다.
  먹기 좋고, 보는 재미도 있는 레시피!

낮잠 브레이크

괜찮아, 사랑이야

오힘

"나는 더위를 잘 타지 않아. 땀도 잘 나지 않고. 여름 더위는 8월부터지"라고 호언장담을 했는데, 이게 무슨 일입니까? 온몸에 장맛비가 내려 앉았나 봅니다. 땀이 줄줄 흐릅니다.

'나는 여름의 모든 순간이 좋아!'라고 생각했는데, 6월의 밤 동안 땀을 흠뻑 흘려 샤워를 하고 다시 잠을 자는 일이 반복되자 처음으로 여름이 무서워졌습니다. 어제는 예전보다 일찍 인견 이불을 꺼내며 생전 깔아본 적

없는 대나무자리를 사서는 방바닥에 깔았습니다. 아주 좋더군요. 하여튼 이번 6월은 장마 후에 오는 여름처럼 습도도 높고, 너무나 더워 예년과 달리 힘든 계절을 보내고 있습니다.

원래 6월은 덥다가도 그늘진 곳에 들어가면 살랑살랑 바람도 불고, 밤에는 선선했던 것으로 기억하고 있습니다. 하지만 이제 기후변화가 체감된 지 오래입니다. 그동안 우리 인간은 지구 덕에 편하게 잘 살았다는 생각을 하며 지구에게 미안한 마음이 듭니다. 인간의 잘못을 생각하며 지구에 도움이 되는 것들을 생각해보게 됩니다.

제로 웨이스트 등 환경에 도움이 되는 일을 하고 싶은데, 무엇을 어디서부터 해야 할까요? 텀블러와 장바구니를 챙기는 습관, 가까운 거리는 걷거나 자전거를 타는 습관을 지키려고 노력하지만, 잘 지켜지지 않습니다. 제가 그동안 무심하게 생각해온 것들에 대해 더 깊이 알고 싶어지는, 더위가 더욱 깊어지는 6월의 밤입니다.

그래도 제가 환경을 위해 열심히 하고 있는 일들을 소개해볼까 합니다. 첫 번째, 분리수거입니다. 분리수거는 열심히 하다 보면 엄청난 쾌감이 있습니다. 물론 익숙하지 않은 일엔 늘 어려움과 번거로움이 있지만요. 예를 들어 스티커 떼어내기, 병이나 캔 등에 남아 있는 음식물을 깨끗하게 씻고 말리기, 플라스틱·캔·종이·비닐·유리 따로 분리하기 등이 있습니다. 그렇게 분리하다 보면 음식을 담을 함으로 써도 괜찮겠다 싶은 마음에 드는 유리병과 같은 보물을 발견하기도 합니다. 또 확실히 분리수거를 잘하면 종량제 쓰레기 양이 줄어듭니다. 그리고 분리수거를 하다 보면 뿌듯한 마음이 몽글몽글 생겨, 중독되는 느낌이 있답니다.

두 번째는 다시 찾은 비누입니다. 저는 여행지에서 그 지역의 비누를 하나씩 사는 버릇이 있습니다. 비누는 그 나라의 향기를 담고 있다고 생각해요. 그리고 외국은 역사가 깊은 핸드메이드 비누 가게가 워낙 많다 보니, 성분이 좋으면서 패키지까지 예쁜 비누가 정말 많습니다. 아직까지도 못 쓰고 간직하고 있는 비누들이 몇 개 있는데, 서랍 정리하면서 킁킁 냄새를 맡다 보면 그때 그 시간이 떠올라 좋습니다.

비누를 좋아하긴 했지만, 앞서 말한 딱 그 정도의 관

심이었습니다. 하지만 제로 웨이스트 운동에 관심이 생기면서 머리를 감을 수 있는 비누, 용기에 담긴 바디워시를 대체할 수 있는 비누, 얼굴을 세안하는 비누에도 관심이 생겼어요.

예전에 장기 태국 여행을 준비하는데, 며칠을 방갈로에서 지내야 해서 짐을 최소한으로 준비해야 했습니다. 그래서 종이로 된 목욕 용품을 챙겨 간 적이 있었어요. 처음 사용해보는 종이 샴푸가 잘 녹지 않아 뭉쳐서 머리 한쪽이 새집처럼 되었는데, 그걸 한참 지난 오후에야 알게 되었었지요.

이처럼 처음에는 사용법이 익숙하지 않아 불편할 수 있겠지만, 사용하다 보면 익숙해지고, 나만의 방법을 터득할 수 있게 되잖아요. 그래서 요즘은 비누로 머리 감기에 도전하고 있습니다. 이렇게 차근차근 다음 스텝, 또 그다음 스텝으로 꾸준히 이어가면 되겠죠?

세 번째는 채소 씻은 물을 재사용하는 것입니다. 여름이면 채소, 과일 먹을 일이 많아요. 이것들을 건강하고 맛있게 먹기 위해서는 무엇보다 깨끗하게 씻는 일이 중요하죠. 그런데 그 과정에서 생긴 물을 그냥 버리기 아까울 때가 많습니다.

저는 마지막에 채소나 과일을 헹군 물은 주방 개수대를 청소하거나, 화분에 물을 주거나, 행주를 헹구는 등의 방식으로 재활용해요. 별것 아니지만 이 작은 일이 훗날 나의 수도 요금에 영향을 미치기도 하고, 환경에 도움이 되고 있다는 뿌듯함을 얻을 수도 있습니다.

마지막으로 플라스틱 용기 사용을 지양하는 일입니다. 플라스틱 용기 사용을 절제하는 삶을 지향하더라도 사회생활을 하다 보면 어쩔 수 없는 상황들이 생깁니다. 배달 음식을 시키면 음식들이 플라스틱 용기에 담겨오는 경우가 대표적이죠. 이럴 땐 음식을 먹고 용기를 깨끗하게 씻어 말린 후 재사용합니다. 음식을 나눌 때 담는 용기 혹은 자잘한 물건을 담는 함 등으로 써요.

먹고 싶은 음식이 생겼을 때, 식당이 가까운 곳이라면 산책을 간다는 생각으로 용기나 냄비를 챙겨 갑니다. 그러면 가게 사장님이 옛날에는 다 이랬는데 요즘도 이런 사람이 있네 하며 반갑게 맞이해주십니다.

환경을 지키기 위한 저의 작은 행동들을 정리해보았습니다. 양배쓰 님의 환경에 대한 생각과 환경을 위해 무

재료

- 집에 있는 채소 모두
- 생레몬, 올리브오일, 소금, 후추

레시피

1 집에 있는 채소는 다 좋다. 상추, 시금
  치, 적겨자, 양상추, 루꼴라 등등 모든
  채소 활용 가능! 먼저 준비된 채소를
  깨끗하게 씻어준다.

2 깨끗하게 씻은 채소는 물기를 제거하
  고 먹기 좋게 잘라 준비한다.

엇을 실천하시고 있는지 궁금합니다. 공유해주세요.

⌒채소 몽땅 샐러드

오늘의 요리는 채소 몽땅 샐러드입니다. 여름에는 채소나 과일을 빨리 먹지 않으면 상하거나 물러지기 쉽습니다. 요즘 제 주변에는 텃밭을 가꾸는 분들이 많아요. 오전 오후가 다르게 쑥쑥 큰다며 이 집 저 집에서 받아온 채소들이 냉장고 밖으로 나가 도로 땅으로 돌아갈 것 같을 때 만들어 먹으면 좋은 요리입니다. 특정한 채소가 필요한 건 아니니 집에 있는 재료로 만들기 좋은 레시피입니다. 단, 단단한 채소라면 한 번 데치거나 볶아서 사용

---

3 생레몬을 반으로 자르고, 즙을 내어 준비한다.

4 손질한 채소를 볼에 담고, 올리브오일을 듬뿍 넣고, 레몬즙도 넣고, 소스들이 채소에 배도록 버무려준다.

5 부족한 간은 후추와 소금으로 채운다. 집에 과일이 있다면 곁들여 먹어도 좋다.

하세요. 잎채소는 손으로 뜯고, 딱딱한 채소는 칼을 이용해 썰어주세요.

금요일답지 않게 날씨가 우중충하네요. 태풍이 오긴 오려나 봅니다. 금요일 저녁 기분이 나도록 맛있는 음식을 해 드시면서 나만의 금요일을 만들어보세요. 태풍이 지나가고 나면 여름이 한층 더 무르익겠죠. 복숭아의 계절이 오고 있다는 것으로 지금의 더위 나기를 위로해봅니다.

추신: 송장 자세 후기
지난번 일기를 읽으며 기분 좋은 기억들이 떠올랐습니다. 송장 자세를 한 후에 아이필로우를 눈에 대고, 온몸을 툭 내려두고 누워 있으면 세상의 그 무엇도 부럽지 않을 만큼 편안했던 기억이 있습니다. 아이필로우에서 좋은 향이 올라왔던 건 기분 탓만은 아니었군요.
어떤 일이든 만족할 만큼 제대로 마치고 나서 쉬는 일은 더 많은 행복함과 기쁨을 주는 것 같아요.

재활용과 재사용

양배쓰

저는 몸이 답답한 걸 아주 못 참아 더위가 온다 싶으면 바로 훌렁훌렁 벗어 던지는 습관이 있습니다. 그래서 요즘 같은 날씨엔 언제나 플립플랍을 신습니다. 이처럼 간편함을 좋아하고 귀찮은 것은 어떻게든 피하는 인간이지만, 이제 환경에 대해선 귀찮음을 감내해야겠다고 생각하고 있습니다. 왜냐하면 플립플랍을 신는 시기가 전보다 빨라지기 시작했거든요. 몇 년 전부터 지구온난화는 갑자기 속도를 빠르게 내는 듯합니다. 그래서 저는 '더도 덜도 말고 이것만은 지키자!' 하는 세 가지가 있습니다.

첫 번째, 텀블러 사용하기.
두 번째, 배달 음식 적게 먹기.
세 번째, 세컨핸드숍 이용하기.

새 옷을 산 지가 꽤 되었습니다. 유행에 민감해 많은 스파 브랜드를 섭렵하고 있었는데, 요즘에는 그곳에서 옷을 사는 일이 끌리지 않았습니다. 그러다 온라인 세컨핸드숍을 이용해보았는데요. 꽤 괜찮은 (얇은) 옷들을 3천 원~2만 원 정도의 가격으로 구매할 수 있더라고요. 이번에는 택배비 포함 5만 원이 채 안 되는 돈으로 여름 상의를 세 벌이나 얻었답니다! 물론 보물찾기처럼 괜찮은 옷을 선별하는 데 시간을 들여야 했지만요. 내가 살지 않았던 시대의 패턴의 옷, 세계 곳곳의 명품 브랜드 옷도 종종 얻을 수 있습니다.

패션 디자이너이자 환경론자인 캐서린 햄넷은 2014년에 영국 일간지 〈가디언〉과의 인터뷰에서 이렇게 말했다. "기존의 면화 재배에는 엄청난 물과 살충제를 사용하기 때문에 1년에 35만 명의 농부가 사망하고 100만 건의 입원이 발생합니다…." 면화의 생산은 환경오염뿐 아니라 물 부족 현상을 가속화시킨다. 면 티셔츠 1장을 만드는 데 약 2700리터의 물이 쓰이는데, 하루에 사람이 2리터 물을 마시는 것도 쉽지 않다는 점을 감안하면 얼마나 많은 양인지 금세 알 수 있다. 게다가 지구상에 존재하는 물 중 사람이 마실 수 있는 물이 고작 3퍼센트에 불과하고 이마저도 3분의 2에 달하는 양의 물에는 접근이 어렵다. 실질적으로 우리는 현재 필요 이상의 작물을 생산하고 있고 구매 후 이런저런 이유로 제품이 수년 안에 폐기되는 점을 고려했을 때(혹은 구매조차 되지 않고 폐기되기도 한다) 이는 어마어마한 물의 오염과 낭비이며 곧 사람의, 생태계의 존속과도 직결되는 문제다.[*]

이 글은 오힘 님이 물을 재사용하신다는 것과도 관련이 있는 내용인 것 같습니다. 저는 물 절약에 대해서는 미처 생각해본 적이 없어서, 이 글이 굉장히 인상 깊었습니다. 옷에 이렇게나 많은 물이 사용되고 또 오염까지 시

[*] 박현선, 『핀란드 사람들은 왜 중고가게에 갈까?』, 헤이북스, 2019, 33쪽.

킨다니…. 충격이었습니다. 이런 사실을 알고 살 때와 모르고 살 때의 옷에 대한 태도는 많은 차이가 있을 것 같아요.

재활용: 한 물건을 다른 방법으로 사용할 수 있는 방법을 찾는다.

재사용: 한 물건을 계속 쓴다.

'재활용'은 활발한 분리수거를 통해 우리에게 친숙하지만, 이번 기회에 '재사용'에 대해서 생각을 다시 한번 하게 되었습니다. 꽤 쉽다는 이유에서입니다. 재사용은 그저 오래 쓰면 됩니다. 값이 좀 나가더라도 내가 추구하는 가치를 갖춘 브랜드에서 좋은 구매를 하고, 오랜 친구처럼 함께하면 되는 일이잖아요!

그런 의미에서 이번에는 일상에서 쓰는 물건들을 요가 도구로 재사용하는 방법을 소개해드릴까 합니다.

일상 물건 요가 도구로 재사용하는 법

요가 스트랩 전용 스트랩 대신 안 입는 청바지(텐션감이 있는 스키니 청바지가 좋습니다)로 대신할 수 있습니다. 누

워서 청바지를 발에 끼워 손으로 주욱 잡아 당기며 짧아
진 햄스트링을 스트레칭 해줍니다.

요가블록 유럽에서는 요가블록 대신 책을 묶어 사용
하는 경우가 많다고 합니다. 책을 3권 정도 쌓아 허리와
엉덩이 사이 판판한 부분에 댄 다음, 하늘을 보고 누워
팔을 위로 쭉 뻗으며 몸을 이완해보세요.

요가볼 야구공, 테니스공, 골프공 등으로 대체할 수

있습니다. 몸의 상태에 따라, 필요에 따라 공의 경도를 선택할 수 있다는 장점이 있습니다. 특히 퐁퐁한 테니스공은 누구나 쉽게 등 근육을 푸는 목적으로 사용하기 좋고, 작고 딱딱한 골프공은 뻐근하게 뭉친 근육을 풀기에 좋습니다.

환경 이야기를 누군가와 이렇게 깊게 나눌 수 있다는 사실이 너무 좋습니다. 즐거운 대화를 함께해주셔서 감사합니다. 존재만으로도 든든합니다.

지구에게 파이팅! 지구인도 파이팅!
나마스떼.

울어도 돼

———————————————— 오힘

여행에서 제일 설레는 순간은 티켓을 예매하는 순간이 아닐까 합니다. 그 여행을 준비하며 보내는 시간도 마찬가지로 설레는 구간이죠.

막상 비행기에 올라타면 짜릿함은 짧고 그대로 딥 슬립. 저는 비행기 안에서 참 잘 자요(와인 몇 잔은 필수). 고소공포증은 심한데, 비행기는 안 무서워하는 편입니다.

'좋아하는 일에는 두려움이 없다'라는 말이 맞는 것 같아요. 입국심사대에서 공항 직원과 짧은 인사를 나누면 안도감과 설렘이 몽글몽글 마구 솟아올라요. 그리고 공항을 나가는 순간 느껴지는 그 나라의 온도, 습도, 냄새, 소리, 풍경에 잠시 멍해집니다. 여행을 왔다는 기쁨에 자칫 흥분해서 사고가 발생할 수 있으니, 일부러 마음의 템포를 떨어뜨리기도 해요. 이 순간에 물건을 잃어버리거나, 이동할 때 실수할 수도 있으니까요. 이때가 여행에서 가장 좋은 순간이면서도 제일 위험한 순간이기도 한 것 같아요.

코로나로 인해 해외여행의 설렘과 짜릿함을 즐길 수 없는 요즘입니다. 그 대신 안전 규칙을 잘 지키면서 국내여행을 구석구석 다녀보는 것도 좋은 것 같아요. 저는 최근 열흘 동안 제주를 다녀왔어요. 제가 하는 일의 특성상 성수기에 누구와 일정 맞춰 여행을 가는 것은 어렵기 때문에, 성수기 전에 미리 휴가를 즐기는 사람이 되었죠.

아무런 계획 없이 간 여행이라 도착한 날에는 숙소에서 멍하니 음악만 들으며 시간을 보냈습니다. 그러다가 늦은 저녁, 숙소에서 제일 가까운 음식점에서 보말칼국수 한 그릇을 먹었습니다. 열무김치가 너무 맛있어서

김치만 포장해오고 싶을 정도였습니다. 그러기엔 염치가 없어 고등어구이와 보쌈 중 무엇을 포장해갈까 고민하는데, 사장님께서 고등어는 노르웨이산이니까 먹지 말고, 제주에 왔으니 제주 고기를 먹어보라며 보쌈을 추천해주셨습니다. 그렇게 만 원어치의 보쌈과 열무김치와 함께 숙소에 돌아왔습니다. 이 음식들과 레드와인을 홀짝홀짝 마시며 여행의 첫날을 보냈습니다. 낯선 곳에서의 첫날밤, 맛있는 음식과 술 한 잔은 다음 날 아주 좋은 컨디션을 만들어줍니다.

혼자 여행을 가면 저는 해볼 수 있는 스포츠를 꼭 찾아서 합니다. 여행지에서 스포츠를 즐기고 싶으시다면 달리기나 요가를 추천합니다. 큰 도구나 장비가 필요 없을 뿐 아니라 그 나라의 언어를 잘 몰라도 할 수 있으며, 친구를 사귈 수 있는 기회이기도 합니다.

예전에 덴마크의 도시 중 하나인 코펜하겐을 여행하면서 유료 현지 조깅 서비스를 신청한 적이 있습니다. 저도 집 앞 공원은 뛰어 본 사람이라 달리기에 어느 정도 자신이 있었지만, 저와는 다른 그들의 신체 조건을 미처 생각하지 못해 함께 뛰는 일이 어려웠던 기억이 있습니다. 그래도 완주한 뒤의 뿌듯함은 어디든 같습니다.

요가는 대화가 잘 통하지 않아도 선생님의 동작을 따라하기만 하면 됩니다. 또한 핸즈온(선생님이 손으로 수련자의 자세를 바로잡아 주는 것)을 해주므로 동작을 이어가는 데 어려움이 없어 좋습니다. 각 나라마다 다른 요가원의 모습도 구경할 수 있어 특색 있는 경험이 되어주기도 하죠.

이번 제주에서는 숙소와 가까운 곳에 있는 요가원을 찾다 아주 멋진 곳을 발견해 제주로 이사하고 싶다는 생각을 잠깐 했습니다. 도시에는 대부분 건물 안에 요가원이 있는데 제주에서는 예쁜 정원이 있는 야외에서 요가를 하니 기분이 새롭더라고요.

자연과 가까운 곳에서 요가를 하는 것도 좋았지만, 좋은 공간에서 듣는 선생님의 가르침이 굉장히 좋았어요. 혹시 오다카 요가를 아시나요? 물에서 영감을 얻어 고안된 요가인데, 동작이 크고 우아해서 마치 무용수가 된 느낌이 듭니다. 이제까지 했던 요가가 동작에 집중하는 요가였다면, 이번에 알게 된 요가는 몸이 가는 대로 두는 움직임에 집중할 수 있었던 시간이었어요.

고요한 밤, 마지막 요가 자세인 송장 자세를 하는데 왈칵 눈물이 흘렀습니다. 선생님이 해주신 말씀과 요가원에 흐르는 음악과 풀벌레 소리가 어우러져 오감이 자극되었던 걸까요? 그 눈물의 이유는 지금도 모르겠어요. 나 자신이 모른 척하고 있었던 감정이 툭 하고 튀어나온 것 같았습니다.

그래서 '울고 싶을 땐 울어도 돼. 괜찮아'라고 나 자신에게 말해주었습니다. 낯선 공간에서 감정을 덜어내거나 생각하는 일을 해보는 경험의 필요성을 느낄 수 있었던 시간이었습니다.

그렇게 충전 완료!

⌒미역오이냉국

오늘의 요리는 미역오이냉국입니다. 여름에 꼭 먹어야 하는 요리 중 시원, 새콤, 달콤한 요리이죠.

3개에 천 원하는 오이를 사면 얇게 썰어 오이 팩도 하고, 가벼운 스낵처럼 고추장이나 마요네즈에도 찍어 먹을 수 있습니다. 또 정성스럽게 채 썰어 오이냉국을

재료

○ 오이 1개, 당근 1/2개, 불린 미역 한
   줌, 깨소금

○ 촛물 재료: 물 1L, 식초 3큰술, 빙초산
   1/2작은술, 소금 2큰술, 설탕 반 컵

레시피

1 깨끗하게 씻은 오이의 껍질을 듬성듬
   성 벗기고, 얇게 썰어 채 썰어 준다.

2 당근도 깨끗하게 씻어 껍질을 벗긴
   후, 얇게 썰어 채 썰어 준다.

해 먹으면, 땀 많이 나는 여름에 입맛 돋우는 데 딱입니다. 칠첩반상 부럽지 않은 밥반찬으로 최고인 요리이죠. 오이 대신 가지를 이용해 만들어 먹어도 좋아요. 저는 촛물을 만들고 오이 등의 재료를 넉넉하게 썰어 용기에 담아둔 후 때때로 냉국을 말아 먹어요. 여기에 찬밥을 말아 먹어도 아주 맛있습니다.

여름엔 가볍고 시원한 음식으로 이 더위를 잘 이겨 내 보는 건 어떨까요? 양배쓰 님의 가볍고 시원한 다음 이야기를 기다리며 저는 오늘 저녁도 오이를 듬뿍 넣은 냉국을 말아 먹어야겠습니다.

---

3 20분 정도 물에 담가둔 불린 미역은 물기 제거 후 먹기 좋게 잘게 썰어 준다.

4 준비된 촛물 재료를 볼에 모두 넣고 섞어 잘 희석해준다.

5 국그릇에 얼음을 담고, 오이를 7, 미역을 3 비율로 담고, 당근은 고명으로 올려 촛물을 붓고 깨소금을 으깨어 올린 후 먹으면 근사하고 시원한 미역오이냉국을 맛볼 수 있다.

인생의 자극제

양배쓰

설렘과 짜릿함! 단어만으로도 몸속 세포가 살아나는 듯합니다. 이번 오힘 님의 글에는 정말 공감이 가는 이야기가 많더군요. 특히 코펜하겐에서의 에피소드가 그랬습니다. 제가 혼자 처음 여행했던 곳 중 하나가 덴마크였거든요.

2023년 덴마크의 성인 남자 평균 신장은 약 182센티미터, 여자 평균 신장은 약 170센티미터라고 합니다. 우리나라의 평균 신장보다 약 6~7센티미터씩 큰 셈입니다. 그들의 긴 다리로 달리기를 하면 얼마나 빠를까요? 제가 덴마크에 갔을 때는 겨울이었는데, 남녀노소 누구나 얇은 운동복을 입고 러닝을 하던 기억이 나요. 그 나라의 뛰는 문화가 평균 신장을 높였을 수도 있겠습니다.

저는 워커홀릭이라는 말이 모자르지 않을 만큼 제가 하는 디자인 일을 좋아합니다. 그러다 보니 마음이 앞서 완급 조절에 실패하는 일이 종종 있습니다. 아이디어가 생명인 일인데 아이디어의 씨가 마르고 고갈 상태에 다다르게 됩니다.

그럴 때는 무조건 산책, 카페 가서 잡지 읽기, 시간 내서 전시 다녀오기 등의 기분 전환을 해줍니다. 그래야 다시 아이디어가 철철 넘치게 됩니다. 일만 하는 삶은 건강한 삶이라고 생각하지 않습니다. 사람은 주기적으로 새로운 자극이 필요한 것 같습니다. 덴마크 사람들이 뛰는 것을 좋아하듯, 몸과 정신 모두 풀리는 자극제가요!

저에게 자극제가 되는 또 다른 것은 요가 페스티벌입니다.

처음 요가를 시작하고 일 년간 한 선생님께 수업을 쭉 들었습니다. 그 선생님이 다른 곳에서 인요가 특강을 한다는 소식을 듣고 찾아가 들어보았습니다. 처음 가보는 요가원의 분위기는 낯섦, 그 자체였습니다. 제가 알던 선생님의 모습도 사뭇 달라 보였고요.

유명한 요가원인지라 숙련자들의 비율이 굉장히 높았습니다. 처음에는 많은 수련생 사이 한 뼘도 안 되는 비좁은 거리가 당황스러웠습니다. 하지만 이내 요가에 들어가니 몸이 부딪히지 않도록 서로가 지그재그로 몸을 움직이면서 자연스럽게 배려를 하고 있었습니다. 비좁은 거리는 점차 친밀감으로 변해갔습니다. 새로운 장소에서 오는 자극과 그들에게서 뿜어져 나오는 바이브, 배움의 열정이 정말 강렬했습니다.

그 경험을 한 후 저도 오힘 님이 그러셨듯 다양한 요가원을 찾아다니기 시작했고, 이제는 조금 더 나아가 요가 페스티벌을 다니는 게 취미가 되었습니다.

그중 '코리아 요가 콘퍼런스(세계적으로 인정받는 요가 마스터들이 함께 모여 다양한 요가 수업을 진행하고 요가 문화를 나누는 국제적인 행사)'는 매년 참여하고 있습니다. 이 행사는 일 년에 한 번, 시원한 가을이 되면 탁 트인 공간이 근사한 일산 킨텍스에서 열립니다. 단 이틀간 하루 종일 요가 수업이 진행되는데요. 강렬한 하타 요가, 몸의 이완을 위한 인요가, 춤을 닮은 요가 수업부터 빈야사, 해부학, 새로운 장르(시바난다, 지바묵티, 포레스트 요가 등)의 요가 수업까지 다양하게 경험해 볼 수 있습니다(오힘 님이 말씀하신 오다카 요가도 이곳에서 처음 접했습니다).

한국의 요가 선생님들과 세계적인 요가 마스터들의 모습을 눈앞에서 직관할 수 있다는 것도 이 행사의 매력입니다. 얼마나 즐거운 일인가요!

그래서 저는 이 행사를 연례 행사 중 최고로 생각하며 온 마음을 다해 담뿍 즐기고 옵니다. 사실 이틀간 8시간씩 요가를 하는 것은 굉장히 즐겁지만, 굉장히 힘들기도 합니다. 그래도 콘퍼런스 동안 나의 한계를 정확히 알게 되면서 한 단계 (체력적으로) 성장한 나의 모습을 발견할 수 있습니다. 운동선수로 치면 동계 훈련 같은 의미가 아닐까 싶습니다. 이렇게 자발적으로 꽉 채운 기운은 인생에서 여러 가지 힘들고 복잡한 상황에서 팅커벨처럼 튀어나와 내 자리에 굳건히 서 있을 수 있는 힘을 줍니다.

제가 아는 다른 요가 페스티벌도 소개해봅니다.

요가 페스티벌
해외 요가 페스티벌

　세계적으로 가장 많이 알려진 요가 페스티벌은
'원더러스트 요가 페스티벌Wandelust Yoga Festival'입니다.
9~10월 세계 곳곳에서 열리는데, 그야말로 전 세계 요가
인들이 기다려 마지않는 축제입니다. 아직 해외에서 경
험해보지는 못했으나 이야기를 들어보면 정말 가고 싶어
집니다. 엄청난 인파가 알록달록한 요가복을 입고 각자

의 요가 매트 위에서 아주 다양한 성격의 요가를 경험하고, 환경을 해치지 않기 위해 개인 식기를 들고 다니고, 열린 마음으로 함께 껴안고 노래하고 춤추고 명상을 한다고 합니다. 진한 화장이나 술, 광기가 먼저 떠오르는 다른 페스티벌과는 많이 다르지요.

해외에서는 아주 오래전부터 활발하게 이어져 온 페스티벌이라고 하니, 해외여행을 준비할 때 원더러스트 요가 페스티벌 일정을 찾아보는 것은 어떨까요? 최근에는 오프라인뿐만 아니라 온라인 수업을 홈페이지＊에서 만날 수 있어, 이제 내 방에서도 세계적인 요가 페스티벌을 즐길 수 있습니다!

국내 요가 페스티벌

'원더러스트 코리아 요가 페스티벌'＊＊은 우리나라에서 열리는 가장 대표적인 요가 페스티벌입니다. 다양한 팝업스토어부터 요가 마스터 군단의 수업까지 화려함 그 자체! 뜨거운 8월에 열리는 행사로 드넓은 야외 잔디에서 다양한 주제의 수업이 진행됩니다. 요가스러운(?) 팝업스토어도 큰 즐길 거리입니다. 피크닉 매트와 선글라스, 선크림은 필수입니다. 요가인이라면 꼭 한번 즐겨보세요.

'세계 요가의 날 축제'는 6월 21일, 요가의 날을 즐기는 축제입니다. 각종 요가 브랜드, 지자체, 요가원 등에서 자체적으로 열기도 하고, 전국 곳곳의 넓은 야외 공간에서 많은 요가인이 옹기종기 모여 요가의 날을 축하하기도 합니다. 요가의 날 행사는 나들이 가듯 가볍게 즐길 수 있어 부담 없이 친구와 가기 딱 좋습니다.

앞서 언급한 코리아 요가 콘퍼런스*는 다른 요가 페스티벌에 비해 좀 더 전문적이고 심도 깊은 수업을 들을 수 있습니다. 또한 실내에서 이뤄지는 행사이기 때문에 집중해서 수련하기에 안성맞춤입니다.

'밀양 국제요가 콘퍼런스'는 수려한 풍광의 도시 밀양에서 열립니다. 요가 체험뿐만 아니라 인도문화 체험, 국제요가대회 등 다양한 행사가 열려 앞으로의 행보가 주목되는 행사입니다.

다양한 요가 페스티벌은 전문가뿐만 아니라 요가를 사랑하는 사람이라면 누구나 참여할 수 있도록 프로그램

인생의 지루제

이 구성되어 있고, 국내외 유명한 요가 브랜드(인센스, 요가복, 요가 매트, 액세서리, 굿즈, 음식, 음료 등)들이 팝업스토어를 진행하기에 요가를 위한 아이템을 잔뜩 만끽할 수 있습니다. 요가로 가득한 축제를 통해 즐거운 기억을 만들어보세요.

즐거운 기억은 삶을 다시 힘 있게 살아가는 자극제가 되는 것 같습니다. 이렇게 오힘 님과 『요요일기』를 쓰는 것 또한 지금을 단단히 살아가는 인생의 자극제가 되어가고 있습니다. 이런 인연이 또 있을까요?

나마스떼.

추신: 미역오이냉국 레시피 후기

미역오이냉국을 시도하려고 슈퍼에 가서 "촛물 주세요!" 했다가 "북한에서 왔냐?"라는 소리를 들었습니다. 저는 촛물을 무슨 가루로 만드는 줄 알았던 것이지요. 음식에 관한 공부를 좀 해야겠다는 좋은 자극제가 되었습니다.

깨끗한 마음은 태도로부터

오힘

　　저희의 교환 일기가 양배쓰 님에게
단단함을 기르는 자극제가 된다는 말씀이 오랫동안 기억
에 남습니다. 그 덕에 한 주 동안 마음이 튼튼해진 기분
이 듭니다. 또 튼튼한 마음과 더불어 깨끗한 마음도 가지
고 싶어졌습니다.

　　튼튼한 마음이란 무엇일까요? 저는 타인을 믿어주는
외부의 신뢰와 사랑이라고 생각합니다. 이 교환 일기를
꾸준히 쓰면서 서로 신뢰를 쌓아가는 기쁨을 알게 되었

습니다. 그리고 그것이 단단한 힘이 되어 각자의 시간에서도 외롭지 않을 만큼의 튼튼한 마음을 만들어준 것 같습니다.

깨끗한 마음은 이 튼튼한 마음을 유지하기 위해 스스로 노력하는 마음가짐이라고 생각합니다. 좋은 사람이 되면 좋은 사람이 온다는 말이 있지 않습니까. 나의 부족한 점을 발견하고, 이를 숨기지만 말고 드러내면서 나를 바꾸는 일은 정말 중요합니다.

인생에는 늘 창피한 일이 많습니다. 그런데 창피하다는 이유로 나의 부족함을 덮으면 창피해지는 일들만 계속 생기는 것 같아요. 그러니 우리는 늘 각자가 생각하는 기준으로 스스로를 돌아보고, 좋은 방향으로 나아가기 위해 노력해야 합니다.

깨끗한 환경은 깨끗한 마음을 위한 좋은 수단이 되어주기도 합니다. 제가 요즘 아침마다 기분 좋게 하는 일은 집 정리입니다. 먼저 아침에 일어나면 간단하게 주변 정리를 합니다. 핸드폰 보는 시간을 5분만 줄이면 누구나 할 수 있습니다. 이불 정리를 하고 밤사이 생긴 먼지나

재료

○ 병아리콩 적당히

○ 소스 재료: 타히니소스 1큰술, 소금 1
작은술, 큐민 1/2작은술, 마늘 2개, 레
몬즙 2큰술, 카놀라오일 3큰술, 올리
브오일 2큰술, 뜨거운 물 3큰술

레시피

1 먼저 병아리콩을 베이킹소다와 물 3
컵을 넣고 불린다. 겨울에는 하루, 여
름에는 반나절이면 된다.

2 불린 콩을 물 3컵과 함께 냄비에 넣고
끓인다. 콩을 만져봤을 때 뭉개진다면
다 삶아진 것이다. 그리고 껍질을 벗
긴다.

머리카락을 청소기로 밀고 밤새 말려둔 식기류를 제자리에 가져다 놓기만 해도 기분이 달라집니다.

이 습관이 좋은 이유는 퇴근하고 집에 들어갔을 때 눈에 보이는 환경이 깨끗해 기분이 좋다는 것입니다. 주변이 깨끗해야 사람의 마음에 짜증이나 불편함이 덜 생기는 것 같습니다. 굉장히 사소하지만, 사소함이 주는 기적을 저는 믿습니다. 우리가 교환 일기로써 경험하고 있잖아요.

코로나가 시작되고 누구도 자유롭게 만날 수 없었던 2020년부터 단조로운 일상과 불안한 상황에도 불구하고 저희는 꾸준히 쓰고 있습니다. 아직도 이어지는 이 상황

---

3 블렌더에 삶은 병아리콩과 타히니소스, 소금, 큐민, 마늘, 레몬즙을 넣고 먼저 갈아준다.

4 갈린 재료에 카놀라오일을 조금씩 나누어 넣는다. 물도 조금씩 나누어 넣는다. 분리되지 않도록 한 번에 넣는 것보다 나누어 넣는 것을 추천한다.

5 곱게 갈렸다면 넓은 그릇에 담고 올리브오일을 뿌린 후 파프리카 가루나 고운 고춧가루를 뿌리면 맛이 더 좋다. 여기에 순무, 당근, 오이, 파프리카, 샐러리, 크래커를 찍어 먹으면 된다.

6 부족한 간은 후추와 소금으로 채운다. 집에 과일이 있다면 곁들여 먹어도 좋다.

속에서도 양배쓰 님과 이야기를 나누는 동안은 불안한 마음을 잠시 접어둘 수 있습니다.

코로나 이후 무너진 삶과 엉클어진 태도가 함께 나누는 글, 양배쓰 님의 요가, 저의 요리로 조금씩 변화되는 모습을 종종 발견하게 됩니다. 이렇게 변하는 태도 덕분에 자연스레 마음이 깨끗해지는 것 같습니다.

⌒ 후무스

오늘의 요리는 후무스입니다. 후무스는 아랍어로 '병아리콩'이라는 뜻입니다. 병아리콩과 타하니소스(참깨소스)와 갖은 양념을 넣어 만든 딥소스로, 채식을 즐기지 않는 사람들도 맛있게 먹는 소스 중 하나입니다.

타히니소스가 없다면 참깨를 이용해도 좋습니다. 참깨를 이용한 소스는 만들어두었다가 냉장 보관으로 3~5일 정도 먹을 수 있습니다. 그리고 말린 병아리콩을 이용한다면 하루 정도 물에 불려 사용해야 합니다.

부드러운 고단백 음식으로 몸과 마음을 부드럽게 해보세요.

변화를 마주하다

양배쓰

　　언제 올까 오매불망 기다리던 봄이
불쑥 찾아와 살랑살랑 부드럽게 물결치는 요즘입니다.

　　저는 혼자만의 시간을 온전히 보낼 때 충전이 된답
니다. 그래서 혼자 있고 싶을 때는 동네 뒷산의 인적이
드문 공간을 찾아 따뜻한 커피를 들고 캠핑 의자에 앉아
몇 시간이고 멍을 때립니다. 아니면 대형 서점에서 시간
을 보내기도 합니다.

　　저는 사람들과 부대끼면 기를 뺏기는 타입입니다.

이런 저도 일을 할 때는 사람들과 함께 일할 수밖에 없는데요.

최근 일하던 곳에서 갑자기 회사를 정리할 예정이라는 이야기를 들었습니다. 코로나의 여파가 시간이 지나면서 깊숙이 파고들어 여기까지 왔나 봅니다. 저는 지금 전에 다니던 파트타임 아르바이트를 그만두고, 30년 된 탄탄한 모자 회사에서 웹디자이너로 일하고 있습니다. 이런 곳도 코로나에 휘청하는군요. 그 이야기를 들으니 뭐부터 시작해야 되지? 막막하더라고요. 심지어 최근 보험 일을 하는 고모를 통해 20년짜리 연금보험을 들어놓은 상태였는데 말이에요.

디자인 업무의 특성을 이용해서 재택근무를 할 수 있는 곳을 찾아 면접을 하나둘 보기 시작했습니다. 구직활동은 십 년 전과 변한 게 없더군요. 면접관의 성의 없는 태도, 딱 잘라 말해주지 않는 연봉, 회사의 복지는 맥심 믹스커피.

갑갑한 기분이었는데 다행히 앞으로 다니게 될 회사에서 재택근무를 제의했습니다. 코로나 이후 많은 회사에서 채택하고 있는 방법이지요. '언젠간 나도 하게 되겠지'라고 생각은 하고 있었지만, 이렇게 빨리 현실이 될 줄은 몰랐습니다. 이제 재택근무를 준비해야 합니다.

알아보니 재택근무란 이렇습니다. 눈을 떠 컴퓨터를 켭니다. 그리고 재택 프로그램을 통해 근무를 시작하지요. 첫 번째로 해야 할 일은 하루를 어떻게 쓸지 계획을 세우는 것입니다. 그렇게 계획대로 업무를 하나하나 진행해 갑니다. 회의가 필요할 땐 화상회의를 하고, 점심시간에는 현재의 상태를 표시해 놓습니다. 이 모든 과정은 전체 공개이고, 근무가 끝나는 시점엔 스스로 세운 목표를 잘 처리했는지 특이 사항과 함께 보고서를 작성해 공유하면 끝이 납니다.

예전과 달라진 점은 지옥철을 피할 수 있다는 것과 인간관계에서 발생하는 불필요한 긴장을 없앨 수 있다는 것입니다. 또한, 회식도 크게 줄어들겠지요. 많은 사람이 정말 원했던 변화입니다.

하지만 이제 '우연'이라는 단어가 서서히 사라져 가는 것 같아요. 우연히 알게 된 사람, 우연히 해보게 된 취미, 우연히 만난 풍경 등등. 출퇴근할 때 지나치는 사람들의 표정과 풍경은 하루의 시작이자 마무리이기도 했습니다. 어쩔 수 없이 만나는 풍경을 통해 다양한 감정을 느끼기도 했는데, 주변을 살펴볼 기회가 줄어들어 조금은 쓸쓸한 마음이 듭니다. 하지만 현실을 부정할 수는 없습니다. 저도 이제 이 변화의 버스에 올라탔습니다. 잘 적응해 앞으로는 또 어떤 변화를 만날지 살짝 기대해보고 있습니다.

오늘은 변화무쌍한 저의 나날에서도 요가를 하면서 틈틈이 적어놓았던 비밀 메모를 공유합니다.

⌒ 요가 TMI

○ 밥을 먹고 바로 요가를 하면 아주 힘들다. 분명 다운독(견상 자세)에서 '욱' 하고 올라온다.

○ 약속이 있는 주말에 약속 장소 부근의 요가원을 알아보고 요가 원데이 클래스를 듣는다. 적당한 몸의 텐션감과 촉촉하게 오른 수분감으로 기분이 좋아지는 것을 느낄 수 있다. 그 기운을 친구에게 나눠줘도 좋고, 친구와 만나서 요가 수업을 같이 듣는 것 또한 좋다.

○ 좋아하는 사람이 생기면 그 사람과 땀을 같이 흘려
  봐야 더 진하게 친해진다.

○ 변비가 있을 때는 빈야사 요가를 한다. 그때그때 변
  형되는 동작의 흐름이 한시도 집중을 놓을 수가 없
  다. 정신없이 집중하다 보면 배가 살살 아프면서 신
  호가 온다!

◦ 요가로 몸이 이완되면 방귀의 신호가 온다. 나는 다행히도 잘 참아 한 번도 새어나온 적이 없지만 들은 적은 있다.

◦ 송장 자세(사바아사나)에서 꼭 한 명씩은 코를 곤다. 나도 많이 곤다. 그렇지만 그 소리를 들으면 다 같이 기분 좋게 요가했구나 싶어 나쁘지 않다.

◦ 요가원은 들어갈 때와 나올 때의 얼굴이 다르다. 무조건 부기가 빠진다!

◦ 요가가 끝난 뒤에 남은 기분 좋은 여운은 핸드폰을 켜는 순간 사라진다. 집에 가는 길에는 되도록 아무것도 안 하고 약간 졸린 기운을 즐기면서 천천히 걷는다.

◦ 뭔가 힘든 일이 있을 때면 릴렉스 요가보다 역동적인 아쉬탕가 요가나 하타 요가 수업을 듣는다. 강인한 정신은 강인한 육체에서 나온다!

◦ 요가에 지나치게 빠져버리면 좀 느끼해지는 경향이 있다. 반면 너무 대충대충 하면 재미가 없어진다.

◦ 솔직히 요가복은 두 벌만 있으면 된다. 그런데 말입니다…(자꾸 쌓이는 정체불명의 요가복들…).

∘ 교회를 다녀서 그런지 "나마스떼~" 하고 끝날 때 "아멘~"을 읊조린 적이 있다.

∘ 요가 한다고 인생이 달라지진 않는다. 원래의 나도 한껏 안아주자.

얼마 전 요가 선생님이 '만족'에 대해 말씀해 주셨어요. 작은 일에도 만족할 줄 아는 건 삶을 더 풍요롭게 만든다고요. 오늘은 친구의 딸과 단둘이 공원에서 시간을 보냈는데요. 그 친구와 호수 앞에 앉아 바람에 찰랑이는 물의 표면을 보면서 이야기를 나누었습니다. 별것도 아닌 나비며, 흙이며, 물을 신기해하며 쫑알쫑알 말하는 친구의 모습을 보면서 저도 행복해지더라고요. 5살 친구와의 수다가 반짝이는 소금같이 호르르 흩어졌습니다.

하나하나 소금 같은 존재인 우리에게, 나마스떼.

미나리처럼

오힘

양배쓰 님의 "요가가 끝난 뒤 남은 기분 좋은 여운은 핸드폰을 켜는 순간 사라진다"라는 말에 핸드폰을 저 발아래로 살포시 쭉 밀어봅니다.

저도 가끔 핸드폰 없이 운동하기도 합니다. 처음에만 불안하지, 시간이 지나면 오히려 운동에 집중을 할 수 있어서 좋습니다. 하지만 집에 오자마자 핸드폰을 찾아 부재중전화와 메시지를 확인합니다. 왜 핸드폰만 놓고 가면 안 오던 연락도 오는 것일까요?

저는 다시 제주에 와서 글을 씁니다.

지난해 친한 친구가 출산과 함께 육아휴직을 하게 되었습니다. 1년의 육아휴직 기간 동안 아빠와 아기가 유대 관계를 형성할 수 있도록 친구와 저를 포함한 몇몇 친구들이 함께 제주에 오게 되었습니다. 가는 날이 장날이라고 며칠째 내리는 봄비로 아쉬움은 있지만, 파워 긍정인 저답게 비가 와서 좋은 점을 떠올립니다.

'언제 다 같이 이렇게 촉촉한 제주를 즐겨보겠어!'

제주는 3월 중순에서부터 4월 초중순까지 여름 장마처럼 비가 며칠씩 온다고 합니다. 그때 고사리가 쑥쑥 자라 해녀들도 물질을 멈추고, 남녀노소 불문하고 들과 오름으로 고사리를 꺾으러 간다는 말이 있습니다. 그래서 이 기간에 오는 비는 '고사리 장마'라고도 불린다고 합니다. 하루 종일 비가 내리니 제주 도민인 지인에게 들은 이야기가 생각나 이렇게 적어 봅니다.

저는 고사리를 꺾으러 가지는 못하지만, 그 대신 맛있는 음식을 먹으며 창밖의 비를 즐겨볼까 합니다.

제주에 머무르는 동안은 친구가 엄마라는 정체성을

잠시 내려놓고 즐기길 바라지만, 남편에게 맡기고 온 아기가 걱정되는지 핸드폰을 붙잡고 놓지 못하는 모습을 보았습니다. 그 모습이 안쓰러우면서도 엄마로서 또 다른 자아를 가지게 된 친구가 낯설고 신기합니다.

　결혼은 나의 선택으로 새로운 가족을 이루는 일입니다. 저는 이 글을 쓰며 제가 결혼이라는 선택을 잘할 수 있을지, 이룰 수 있을지 곰곰이 생각해 보았습니다. 엄마에게 이런 고민이나 생각을 말하면 이렇게 말씀하십니다.

　"그 상황에 놓이면 다 잘할 수 있어!"

　제 마음에 드는 대답은 아니었지만 여기서 말꼬리를 물고 늘어지면 어떤 상황이 일어나는지 수십 번의 경험으로 알고 있기에, 좋은 말만 골라 들으며 엄마와의 대화를 마무리합니다.

　결혼과 비혼, 딩크족과 출산. 어느 선택에도 정답은 없습니다만, 내가 선택한 일에 예고도 없이 끼어드는 사람들이 있습니다. 내 인생을 살아가는 데 필요한 해답은 내가 찾아나가는 것인데 말이죠. 저는 그런 사람들을 처음에는 웃으며 보내지만, 자신의 기준으로 만든 답을 가지고 그것이 해답이라며 타인인 제 앞에서 일장 연설을 시작하면 주저 없이 들이박아버립니다.

저는 '노처녀 히스테리'라는 말을 싫어합니다. 자꾸 남의 일에 참견을 해서 나를 지키기 위해 화내는 일을 두고 히스테리를 부린다니요. 의무교육에서 우리는 배우지 않았습니까? 나 자신을 사랑하고, 지킬 수 있는 것은 나라고 말이죠. 저는 그동안 배운 것에 충실했을 뿐입니다.

각자의 선택을 존중하는 사회가 되었으면 좋겠습니다. 삶에 정답은 없다고 생각합니다. 내가 선택한 길이 설령 틀렸다 해도, 그 길에서 우회할 수 있는 핸들은 나 자신이 잡고 있습니다. 누가 길을 만들어주지 않아도, 운전을 대신 해주지 않아도 괜찮습니다. 제가 해야 할 일인걸요.

결혼 전 아기를 갖지 않고 딩크족으로 살겠다고 선언했던 친구는 아기를 갖게 되었고, 둘째도 계획하고 있습니다. 다른 친구는 '결혼하면 아기는 꼭 갖자'라고 생각했는데, 결혼 후에는 꼭 아기가 있어야만 결혼이 완벽해지는 게 아니라는 것을 알게 되었다고 합니다. 비혼을 선언했던 선배는 44세에 결혼해서 아기까지 낳아 행복하

재료

○ 밥 1공기, 미나리 한 줌, 양파 1/3개,
감자 1/2개, 당근 1/4개, 파 1/3개, 달
걀 1개, 참치 액젓(까나리 액젓, 멸치
액젓, 피시소스도 가능) 1큰술, 식물성
오일 50ml

레시피

1 준비한 채소(양파, 감자, 당근, 파)를
깨끗하게 씻어 다져 준비한다. 미나리
는 쏭쏭 썰어 준비한다.

2 팬에 오일을 두르고, 약한 불에서 파
를 볶고, 양파를 넣어 투명해질 때까
지 볶은 후 감자와 당근을 넣고 볶아
준다.

다 말하며, 저에게 자주 맥주를 마시자 합니다.

　주변에 다양한 생각을 가진 사람이 많을수록 나눌 수 있는 대화나 생각이 넓고 다채로워집니다. 그 덕에 저의 생각들도 풍성해진다고 생각합니다. 내일은 양배쓰님이 알려주신 가벼운 요가 동작을 해보며 최근에 들은 다양한 이야기들을 정리해볼까 합니다.

　영화 〈미나리〉를 보셨나요? 강인한 생명력을 가진 미나리처럼 수많은 굴곡을 쓰러지지 않고 함께 이겨낸 한 가족의 이야기입니다. 영화를 보면서 '잔잔하게 흘러가는 인생 안에서 특별하지만 특별하지 않은, 특별하지

3　채소들이 투명해지면 오일을 더 두르고 중간 불로 올린 뒤 밥을 넣고 볶는다.

4　밥과 채소들이 섞였다면 달걀을 풀어 팬에 넣고 함께 볶는다.

5　미나리와 액젓을 넣고 센 불에서 1분 정도 볶는다(미나리를 너무 익히면 향이 사라지고 질겨진다).

않지만 특별한 매 순간을 함께하는 가족이 되기 위해 우리는 지금의 과정을 지나고 있구나'라는 생각이 들었습니다. 가족이 완성되는 데는 험난한 모험과 의리와 사랑이 필요한 것이 아니라, 그저 함께 시간을 보내는 일이 필요한 것 같습니다.

순자 할머니 역을 맡은 윤여정 배우와 데이빗 역을 맡은 앨런 김 배우의 케미 돋는 장면들은 주변에서 흔히 많이 보던 모습이라 더욱 인상 깊고 좋았습니다. 양배쓰 님도 기회가 된다면 보시길 추천드립니다.

'어디서든 잘 자라는 미나리처럼, 우리도 잘 자랄 거야'라고 주문을 외워봅니다.

⌒미나리 볶음밥

봄에 먹는 미나리는 향긋하고 연합니다. 지금부터 초여름까지 먹는 미나리는 약이 필요 없을 정도라고 하니, 즐겨 드시길 바랍니다.

미나리 볶음밥으로 향긋한 봄 향기 가득한 하루를 보내보는 것은 어떨까요?

딩크족

양배쓰

변화무쌍한 이 시대같이 부부관도 다양합니다. 아쉽게도 우리나라에선 '결혼'이나 '부부'라고 하면 재밌는 이야기를 듣기가 쉽지 않죠. 아무래도 연애처럼 짜릿하고 자극적이지는 않거든요.

저희 부부는 딩크족입니다. 딩크족이라 함은 'Double Income, No Kids', 즉 둘이 만나 결혼했지만, 아이 없이 지내는 커플을 말합니다. 저희는 둘 다 지극히 개인주의자에다가 아이를 '끔찍이' 좋아하는 편은 아니라서 (아이를 위해) 아이를 낳지 않기로 결정했습니다.

폴(저는 '배쓰', 남편은 '폴'이라는 애칭을 씁니다)은 신데 렐라같이 12시 땡! 하면 잠이 들어 6시에 일어나는 미라 클 모닝이 몸에 배어 있는 사람입니다(무엇보다 심각한 코 골이입니다). 반면 저는 밤에 주로 일을 하는 올빼미 생활 이 뼛속 깊숙이 배어 있는 저녁형 인간이고요. 폴은 한식 파, 저는 양식파. 폴은 술을 마시면 잠을 자고, 저는 술을 마시면 밤새도록 이야기를 합니다. 폴은 죽어라 옷을 안 사고, 저는 죽어라 옷을 삽니다. 그러다 보니 초반에는 정말 피 터지게 싸웠습니다. 폴과 저는 번갈아가며 외박 을 하고 잠수를 탔습니다.

그렇게 우여곡절을 겪고 아이 없이 7년이 지난 지 금, 저희는 한방을 쓰다가 각방을 쓰게 되었습니다. 그리 고 여전히 아이 없는 부부의 삶을 추구하고 있습니다. 같 이 있다가 누구 한 명이라도 예민하다거나 잔소리가 많 아졌다 싶으면 갑자기 불 꺼진 방의 불을 켜면 없어지는 바퀴벌레들처럼 약속이라도 한 듯 각자의 방으로 샤샤샥 들어가 자신만의 시간을 갖습니다.

그런 날이 주말이면, 폴은 주로 낮잠을 자고 저는 일

본 드라마를 보거나 그림을 그리며 마음을 원래 상태로 되돌립니다. 그러다 몇 시간이 지나고 누군가가 산책을 제안하거나 맛있는 걸 먹자고 하면 GAME OVER. 언제 그랬냐는 듯 냉전의 기운은 금방 사그라듭니다. 이렇게 딩크를 선택한 삶은 어딘가로 훌쩍 떠날 수 있고, 서로에게 강요해야 할 일들이 별로 없어 평화를 유지하기 좋다는 장점이 있지요.

결혼하고 느낀 점은 인간은 잘 변하지 않는다는 것이었습니다. 잠깐 변한 것 같다가도 어느 정도는 본인의 패턴으로 돌아오게 되더라고요. 어느 순간 결혼 전과 다시금 똑같아진 나를 발견하게 됩니다. 그런 '나'가 둘이 모여 사는 일이란, 이런 모습까지도 그러려니~ 이상한 짓을 해도 그러려니~ 하는 것이자 힘든 일이나 좋은 일이 있으면 언제나 세트처럼 같이 반응해주는 베스트 프렌드와 함께 사는 느낌입니다.

의외로 가까우면 관계를 유지하기가 더 어렵고, 그래서 서로에게 더 잘해야 하잖아요. 둘이 사는 것에 무뎌져 둘 사이의 신뢰나 믿음이 깨져버리면 끝나는 게 딩크족의 삶이기도 합니다.

반대로 사회생활을 하다 보면 내 인생에 아무 상관 없고, 나에 대해 아무것도 모르는 사람들이 나에게 영향을 주고 때로는 힘들게 하잖아요. 그럴 때마다 항상 옆에 있는 폴을 생각하면 그 타인들은 나에게 정말 아무것도 아니라는 걸 느끼게 됩니다.

변화무쌍한 날씨, 낯선 감염병, 생소한 부부관과 같은 새로운 것들을 접하게 되면 익숙치 않아 왠지 긴장이 되고는 합니다. 이럴 땐 몸의 깊숙한 근육까지 풀어주는 인요가가 제격입니다! 최근 인요가 자세를 나타낸 포스터 일러스트를 의뢰받아 제작하면서 어려운 산스크리트어로 설명하는 요가가 아닌, 즐겁게 공감할 수 있는 요가 자세들을 알게 되었는데요. 그중 하나를 소개합니다.

◠침대에서 하는 꼬리를 당기는 고양이 자세
1. 일자로 눕습니다.
2. 한쪽 다리를 들어 무릎을 손으로 잡고 다리와 반대 방향의 바닥으로 살살 내려놓아 봅니다.
3. 다리가 비틀어져 있는 상태에서 양팔을 양쪽으로

쭉 펴고 뻗은 다리를 접어 가까운 손으로 발등을 잡아봅니다(고양이가 자기 꼬리를 잡아당기며 노는 것 같은 모습이 된답니다).

4. 몸이 원하는 방향대로 호흡을 내버려둡니다.

'꼬리를 당기는 고양이 자세'는 인요가의 한 자세로

재기발랄한 이름과 같이 처음엔 허벅지가 당겨 몸의 털이 쭈뼛 설 수도 있어요. 잠자기 전이나 일어난 직후 기지개를 쭉 켜고 비틀기를 하면 낮 동안 혹은 잠자는 동안 굳은 몸을 풀어주는 느낌이랄까요? 본격적인 요가 동작이 아니더라도 가끔은 이렇게 접근이 편한 스트레칭만으로 잠도 잘 오고 하루를 상큼하게 시작할 수 있습니다. 자기 전, 침대에서 해보세요.

상큼한 봄이 더욱 산뜻해지길 기원하며, 나마스떼.

추신: 미나리 볶음밥 레시피 후기

봄의 미나리는 정말 참을 수 없지요. 개인적으로는 할머니처럼 동태탕에 들어간 여린 봄의 미나리를 제일 좋아합니다. 리필에 리필을 부르는 미나리!

우린 지금 잘하고 있어!

오힘

날이 좋아서 그런지 동네 공원이나 동산으로 운동을 가면 확실히 사람이 많아진 느낌이 듭니다. 주말 오후, 조깅을 마치고 벤치에서 스트레칭을 했는데요. 옆의 꼬마 친구들이 까르르 웃는 소리가 굉장히 기분 좋았습니다. 짹짹 지저귀는 새소리만큼 예뻤습니다. 양배쓰 님은 어떤 주말을 보내셨나요?

양배쓰 님과의 지난 영상통화에서 동전을 모으는 일

에 굉장히 공감하며 나눴던 이야기를 글로 적어 남겨두고 싶어졌습니다.

연말이면 가족들과 모여 빨간 플라스틱 돼지 저금통의 배를 가르는 게 저희 집의 연례 행사 중 하나였습니다. 각자의 저금통 윗면에는 매직으로 굵고 진하게 이름을 적어 헷갈리지 않게 구분했던 기억이 떠오르네요. 돼지 저금통을 열 때 만 원짜리 지폐가 나오기라도 하면 기쁨의 웃음을 멈출 수가 없었습니다. 사고, 먹고 싶었던 유혹을 참고 저금하길 잘했다는 보람을 느끼던 순간이었죠.

그렇게 모은 돈은 차곡차곡 통장에 저금했고, 나중에 대학 등록금처럼 목돈이 필요할 때 그 통장에서 꺼내서 썼었습니다. 제가 대학을 졸업하면서 행사는 사라졌지만, 어릴 적 생긴 버릇은 그대로 남아 있습니다. 지금은 평생 쓸 수 있는 돼지 저금통으로 바꾸어 동전을 채우고 있는데, 여간 쉽지가 않습니다. 그래도 5년 동안 모았던 저금통을 지난해에 정리해서 재미를 좀 보았습니다.

다음번에 저금통을 개봉하면 양배쓰 님이 알려주신, 8000개 정도만 발행해서 희소가치가 높다는 1998년 500원짜리 동전이 있는지 유심히 살펴봐야겠어요.

지금은 예전만큼 현금을 가지고 다니지는 않지만, 그래도 국내 여행을 가게 되면 현금을 조금 챙겨갑니다. 현지 시장이나 읍내 노점에서 파는 나물 혹은 특산품을 사는 경우가 많아 현금과 장바구니는 필수입니다. 그리고 무엇보다 현금이 있으면 흥정을 할 수 있지 않겠습니까?

코로나의 장기화로 그 여파가 여전히 남아 있지만, 언젠가는 이 시간들이 우리가 지난 일을 돌아보고 다시 추억할 수 있는 선물 같은 시간이 되어주지 않을까 싶습니다. 그런 긍정적인 마음으로 힘든 시간을 조금이나마 위로해봅니다.

또, 지금 이 시간들이 다음을 위해 정비하는 시간 같다는 생각이 듭니다. 몸과 정신이 순간순간 지치기는 하지만, 그 덕에 양배쓰 님과 이런 소중한 이야기를 나눌 수 있게 되어 좋습니다. 우리가 이 코로나 시대를 잘 이겨낸다면, 훗날 우리의 후손에게 "이 할미는 코로나도 이겨낸 세대의 사람이다"라고 말할 수 있는 평화의 날이 오기도 할 것입니다.

재료

○ 푸실리 90g, 절인 소금 2큰술, 절인 레몬 반쪽, 생파슬리 1큰술(건파슬리도 가능), 마늘 1개, 페퍼론치노 2개, 앤초비 페이스트 1/2작은술, 레몬 1개, 올리브유 4큰술, 후추

레시피

1 끓는 물에 소금 1큰술과 푸실리를 넣고 7~9분 삶는다.

2 준비한 마늘을 슬라이스 하고, 생파슬리는 잎만 잘라 다진다.

3 팬에 올리브유를 두르고, 마늘을 넣고 약한 불로 향을 내준다. 페퍼론치노도 뚝뚝 잘라 넣어준다.

⌒염장 레몬 파스타

오늘의 요리는 염장 레몬 파스타입니다. 상큼함이
필요한 순간에 생각나는 음식입니다. 여기에 들어가는 소
금에 절인 레몬을 만들어두면 여름에 다양하게 활용할
수 있습니다. 파스타, 샐러드, 나물 무침에 넣어주면 감칠
맛이 아주 좋습니다. 만드는 방법도 어렵지 않습니다. 레
몬 4개를 십자 모양으로 칼집을 내준 후, 그 사이에 천일
염을 넉넉히 넣어줍니다. 그리고 레몬주스 500밀리리터
를 부어 냉장실에 넣어두었다가 10일 후부터 먹으면 됩
니다.

파스타를 만들 때 여기에 루꼴라, 고수, 파프리카를

---

4 물 1국자, 면수 1국자를 팬에 붓는다.

5 절인 레몬의 속살은 짜내고, 껍질만
   잘 도려내준 후 껍질을 얇게 채 썬다.

6 생레몬 1개를 즙을 내준다.

7 삶은 면을 팬에 넣고, 절인 소금과 생
   레몬즙을 함께 넣고 2~3분간 익혀
   준다.

8 불을 끈 팬에 파슬리를 넣는다.

9 앤초비 페이스트를 넣고, 7번 소스를
   여러 번 나눠 넣는다. 마무리로 후추
   를 뿌려준다.

썰어 넣어주면 더 풍성하고 맛있는 파스타를 맛볼 수 있습니다. 따듯한 파스타보다 냉 파스타로 즐기는 것을 추천합니다. 여러 가지 채소를 넣어 샐러드처럼 먹어도 좋으니 다양하고 즐겁게 즐겨 보시길 바랍니다.

'우리 지금 잘하고 있어! 우린 할 수 있어'라고 주문을 외워봅니다. 이 주문과 함께 양배쓰 님이 오늘 하루도 기분 좋은 하루 보내시기를 바랍니다.

우린 지금 잘하고 있어!

스며들기

양배쓰

요즘 저는 아침마다 대중교통에서 사람들의 착장을 구경하는 재미에 빠져 있습니다. 반바지까지는 아니지만 여러 소재의 반팔을 맘껏 입고 다닐 수 있는 계절이 왔어요. 타월 소재나 니트 소재, 얇은 가죽 소재같이 특별한 소재의 옷들을 너무 더워지기 전에 즐길 수 있어 좋아요.

하의 또한 마찬가지입니다. 산뜻한 리넨 바지를 입는 날은 얇은 바람막이를 함께 입어주면 딱 적당하게 체

온 유지가 되고요. 아직 기모 바지를 입는 것도 가능합니다. 기모 바지를 입을 땐 얇은 면티를 같이 입어주면 하체는 포근하지만, 상체는 상대적으로 가벼워서 좋습니다.

스커트나 원피스, 예쁜 컬러의 삭스와 귀여운 니트가 보이고, 시계며 반지며 모자며 수많은 잡화들이 주인의 손, 발, 머리에 달려 밖으로 나옵니다. 사람들의 착장을 구경하는 재미가 있는 계절, 향수 본연의 향을 느끼기에도 근사한 계절입니다. 이 계절을 온몸으로 타고 있는 사람들이 너무나 보기 좋습니다.

최근에는 흐린 날이 잦았습니다. 저와 엄마는 흐리거나 비가 오려고 하는 날씨를 참 좋아합니다. 이런 날이면 엄마와 중면을 삶아 깨끗한 멸치 육수에 넣어 창밖을 보며 후루룩후루룩 먹고는 했습니다. 창밖을 보면 바람에 날리는 나뭇잎이 파르르 파르르 떨리고 이내 봄비가 촤~ 하고 내리기도 합니다. 어른이 된 지금도 흐린 날이면 그 순간이 그리워 엄마에게 달려갑니다.

또 흐린 날이면 뭔가 차분해져서 그리운 사람의 얼굴도 생각나고, 스치듯 본 친구의 엷은 미소도 생각이 나요. 강아지들의 고소한 발냄새가 쿰쿰하게 더 짙어지기도 하지요. 계절이 몸에 촉촉하게 스머드는 느낌입니다.

얼마 전 진돗개를 닮은 친구가 해양쓰레기 수거 운동을 시작했습니다. 이 운동을 위해 스킨스쿠버 자격증을 딸 정도로 환경운동에 진심인 친구인데요. 오랜만에 연락을 해 소고기를 먹으러 가자고 했더니 갑자기 비건 음식점으로 가자고 했습니다. 환경운동을 시작으로 비건까지, 자신만의 방향을 잡아 푹 스며든 모습이 저에게도 좋은 영향으로 다가왔습니다.

그 친구는 계란을 좋아하는 저에게 "넌 계란이 어떻게 유통되는지 알면 먹고 싶지 않을걸?"이라고 하며, 자신이 알고 있는 환경 관련 다큐멘터리를 알려주었어요. 하지만 저는 계란을 너무 좋아해서 친구가 알려준 영상을 보는 일을 슬쩍 미뤄두었어요. 아직은 비건이 될 준비가 안 된 저입니다. 그래도 비건과 비슷한 성격의 의식주를 가진 요가인들의 모습을 가슴속에 간직해두었습니다. 지금까지 제가 만난 요가인들의 인상 깊은 의식주를 소개합니다.

요가인들의 의식주

옷 의

옷은 낙낙한 옷을 선호하게 됩니다. 어떻게 하면 내 몸이 기분 좋은 컨디션을 유지할 수 있는지 요가를 하면서 알게 되거든요. 비싼 옷이더라도 소재가 좋지 않거나 불편하다면 패스! 저렴한 옷이라도 몸에 압박이 없고 면 소재나 리넨이라면 예스! 점점 더 자연스럽고 몸이 편한 옷을 찾게 됩니다.

한 가지 예로 '부디무드라'라는 요가복 브랜드가 있습니다. 이곳은 우리가 흔히 떠올리는 딱 붙는 요가복과 완전히 다른 요가복을 만들어 큰 인기를 끌고 있습니다. 꽉 끼어 숨이 안 쉬어지는 유형의 요가복이 아닌, 면 소재로 되어 가슴과 엉덩이를 편안하게 잡아주는 요가복입니다. 또 자연을 닮은 컬러를 사용해서 눈도 편안한 자연친화적인 성격을 띠고 있습니다. 요가의 영역이 넓어지면서 요가복 산업도 무서운 속도로 다양해지고 빠른 변화를 겪고 있습니다.

먹을 식

몸무게와는 별개로 위가 너무 가득 차 있거나 몸이 무거우면 요가를 할 때 큰 장애물이 됩니다. 그래서 요가 전후에는 차를 마시면서 몸을 덥히고, 차분히 마무리합니다. 마치 빠른 템포에서 느린 템포로 전환을 하는 느낌입니다.

또 요가를 하는 사람들은 자연스럽게 채식이라는 노

선에 승차하게 됩니다. 저의 빵순이 친구는 요가를 시작하고 비건 빵집을 찾아다니게 됐고, 직접 빵을 만들어 먹기도 합니다. 차를 마시다 자연스럽게 다도가 취미가 되고, 먹거리를 손수 재배하기도 합니다. 자극적인 배달 음식을 시켜 먹는 일과는 굉장히 상반된 움직임이 요가의 세계에선 자연스럽습니다.

살 주

사는 곳을 바꾸는 것은 어려운 문제이지만, 요가인들은 종종 거주지를 한적한 시골로 옮기는 경우가 있습니다. 요가원의 풍경도 굉장히 흥미로운 부분인데요. 보통 텅 빈 느낌이 드는 곳이 많습니다. 인테리어는 '어스컬러'인 톤 다운된 그린, 베이지, 그레이 같은 피스풀한 컬러를 쓰는 것이 특징입니다. 축구, 야구와 같은 동적인 운동과 굉장히 대조적이지요. 이처럼 요가인들의 집이나 요가원에서는 요가에 좀 더 집중할 수 있게끔 비우고 치우고 걷어낸 공간을 접할 수 있습니다.

주변 사람들의 생활 습관이 이렇다 보니 저도 살포

시 스며들어 갑니다. 완전한 채식이나 귀농, 미니멀리즘이 아니더라도 내 몸이 어떤지 살피다 보면 나도 모르게 그 길에 가까워지게 됩니다.

이는 비단 요가에서만 보이는 변화는 아닌 것 같습니다. 코로나로 인해 조금씩 변해가는 인식의 흐름이 몸으로 느껴지고 있습니다. 환경을 더 생각하고, 자연을 닮으려 하고, '가치'가 더 중요하게 여겨지고 있는 요즘, 앞으로의 변화의 물결은 또 어떤 모습으로 우리에게 스며들지 궁금해집니다.

우리 할머니, 할아버지 세대가 그랬듯 다음 세대에게 이 시대에 생긴 좋은 문화들을 함께 전해주고 싶어지는 오늘입니다.

사랑을 담아, 나마스떼.

그 터널에서 나올 수 있어

_____ 오힘

　　　　　양배쓰 님이 보내주신 채식과 환경의 연관성에 대한 일기를 읽으며 저도 채식에 도전해봤던 일이 생각났습니다.

　　엄마가 결혼한 당시에는 고기가 참으로 귀해 많이 먹지도 못했고, 고기를 딱히 좋아하지도 않으셨다고 합니다. 그런데 저를 가지면서 잘 드시게 된 음식이 삼겹살이라고 하더라고요. 저는 엄마 배 속에 있을 때부터 고기를 사랑한 모양입니다.

이렇게 모태 고기 사랑인 제가 채식에 관심을 가지게 된 첫 번째 이유는 건강입니다. 불규칙한 생리 주기와 잦은 변비를 해결할 방법을 알아보면서 고기를 줄이고 채소를 많이 섭취해야 한다는 것을 알게 되었고, 그렇게 채식 문화를 접하게 되었습니다.

두 번째는 우리가 너무 육식 중심의 문화를 가진 것은 아닐까 싶은 생각 때문입니다. 문만 열면 온통 고기 세상입니다. 어제도 고기, 오늘도 고기. 고깃집 옆에는 또 다른 고깃집이 생겨나고 있습니다. 이 많은 고기는 어디에서 오며, 어떤 곳에서 어떻게 키워지고 있을까요?

비좁고 비위생적인 사육장 같은 환경과 도축 과정에서 가축들이 스트레스를 받아 질병에 걸릴 경우 축산업자들의 손해가 크다고 합니다. 그래서 이들은 가축들에게 항생제나 성장호르몬제를 투여합니다. 이 과정에서 동물들은 조금의 자유도 허락되지 않고, 오로지 인간의 금전적인 이득을 취하기 위한 존재로 거듭납니다. 그런 동물들의 모습을 보여주는 다큐멘터리들을 접하게 된 후, 자연스럽게 동물권에 관심이 생기고 삶이 변화하게 되었습니다. 양배쓰 님이 말씀해주신 달걀 생산 과정을 담은 영상도 제가 본 다큐멘터리와 비슷할 텐데, 저 또한 아직 마음의 준비가 되어 있지 않아 조금 미루었다가 보겠습니다.

세 번째는 환경에 대한 관심과 윤리적인 인식의 변화 때문입니다. 다큐멘터리에서 환경과 지구를 지키려면 재활용을 하는 것보다 인간이 먹기 위해 키우는 가축의 수를 줄이는 것이 더 효과적이라고 하더라고요. 점점 커지고 있는 대규모 축산은 공기와 수질을 오염시키고 토양을 악화시키죠. 가축들의 배설물, 방귀, 트림 등이 그 원인입니다.

공기 중으로 바이러스가 옮겨 다니는 코로나 시대에 토양 오염으로 인한 수질의 변화, 즉 우리가 마시는 물도 위험해지기 전에 환경을 이해하고, 공부하고, 관심을 가진다면 우리 인간은 못 할 게 없는 존재이기에 더 나은 환경에 살 수 있을 것이라고 생각합니다.

송두리째 채식의 삶으로 바꾸기는 쉽지 않기에, 저는 저만의 방식으로 간헐적 채식을 하고 있습니다. 인간으로서 사회생활도 해야 하며, 갑자기 고기를 끊으면 정신적으로도 육체적으로도 받아들이기 힘드니 작게 시작해 꾸준히 하는 게 목표입니다. 간단하지만, 생각보다 쉽지 않은 계획입니다.

집에서만큼은 되도록 고기 요리 먹지 않기, 한 달에 두 번만 고기 요리 섭취하기, 로컬푸드 직판장 이용하기. 이것이 지금 제가 지키고 있는 것들입니다.

꼬리에 꼬리를 물며 이런저런 생각을 하다가 마지막에는 한적한 시골에 작은 집을 지어 내가 먹을 만큼의 농작물과 닭 서너 마리를 방목해 키우며 살면 어떨까를 상상해봅니다. 이런 삶을 살기 위해서는 지금 주어진 일을 열심히 하고, 상상을 현실화시키기 위해 구상도 계획적으로 차근차근 해야 하겠지요.

혼자서 심각해지는 금요일 밤입니다.

요즘 시장에 가면 물건 사는 재미가 있습니다. "애호박이 1개 천 원이라니! 아, 내가 사랑하는 여름이여!"라는 말을 저절로 외치게 됩니다. 겨울에 애호박 하나가 3,500원까지 오르는 것을 봤으니 저의 환호에는 이유가 확실히 있습니다. 여름을 좋아하는 여러 가지 이유 중 하

재료

- 애호박, 양파, 당근, 버섯, 파, 단호박 등 집에 있는 모든 채소, 올리브오일, 소금, 후추

레시피

1 모든 채소를 깨끗하게 씻어 깍둑썰기 한다(카레에 들어가는 채소보다 좀 더 크게 잘라 준비한다).

2 손질한 채소를 볼에 담는다. 볼에 올 리브오일을 넉넉하게 두르고, 소금과 후추를 한 꼬집 넣어 섞어준다.

나는 이처럼 제철 채소와 과일이 풍부하고, 저렴하게 먹을 수 있다는 점입니다.

⌒모둠 채소구이

15분 만에 근사하게 만들 수 있는 채소 요리를 소개합니다. 제가 요즘 많이 해 먹고 또 좋아하는 요리입니다. 자투리 야채로도 가능하니 만들고 나면 뿌듯한 요리이기도 합니다.

먼저 집에 있는 냉장고를 열어 봅니다. 애매하게 남겨진 채소가 보일 겁니다. 연근, 감자, 고구마, 옥수수, 양파, 파, 당근, 양배추, 아스파라거스, 우엉, 비트, 그린빈

---

3 오븐 트레이에 유산지를 깔고 채소를 펼친다.

4 190도로 예열한 오븐에 15분 익히고, 뒤섞어 15분을 더 익힌다.

5 다 익힌 채소를 그릇에 담는다. 발사믹 식초를 두르거나, 레몬즙을 살짝 뿌리면 풍미가 더 좋다.

스, 콩, 브로콜리, 가지, 파프리카, 애호박, 버섯, 마늘. 집에 있는 채소라면 모든지 가능합니다. 꼭 필요한 채소는 없습니다.

자연을 사랑하는 마음이 시들지 않도록 제가 하는 일은 작은 화분을 키우는 일입니다. 얼마 전에 노루귀라는 야생화를 들였는데, 볼 때마다 힐링입니다. 잎이 노루의 귀 모양을 닮아 '노루귀'라는 이름을 가진 식물인데요. 자세히 보면 솜털도 뽀송하게 있고, 여리여리하게 생겨 자주 들여다보지 않을 수 없습니다.

아침에 일어나 물을 마실 때면 이 노루귀에게도 분무기로 촉촉하게 인공 아침 이슬을 맞게 해줍니다. 식물이 혼자서 잘 자라는 것 같지만 그렇지 않더라고요. 어릴 적 여러 식물을 죽인 경험이 있는데, 이제는 그러고 싶지 않아 정성과 관심을 담아 매일 안부를 묻습니다. 이처럼 식물을 돌보는 일은 저에게 좋은 영감을 주는 일 중 하나입니다.

자연은 일잘러

양배쓰

　　좋아하는 남자애가 코앞에 있는 것 같이 쑥스럽고 설레는 계절, 봄이 오니 이성이 고장난 듯 아무 때나 놀고 싶고 아무 때나 먹고 자고 싶어요. 걸음도 느릿느릿해지고, 자꾸 주위를 둘러보게 됩니다.

　　저의 오늘은 타이어와 벚꽃의 언밸런스한 향기가 감도는 하루였습니다.

　　저의 일터는 걸어서 30분 정도 거리로 집에서 가까

운 편입니다. 그래서 바닥이 미끄러운 겨울 외에는 간편하게 자전거로 출퇴근을 합니다. 고로 지금이 딱 자전거 타고 다니기 좋은 계절이지요!

오늘도 한껏 '봄'인 주변을 둘러보다 자전거 바퀴가 푹 꺼져 있는 걸 발견했어요. 매일 여유 없이 급박하게 집을 나서면서 몇 날 며칠을 그렇게 자전거 바퀴에 바람이 빠진 채로 다녔던 것이지요. 오늘도 급박하기는 마찬가지였지만, 5분 정도 여유시간이 있었습니다. 순간 '지금이다!' 싶어 후다닥 슈욱~ 슈욱~ 신속하게 바퀴에 바람을 넣었는데, 시간이 남더라고요…. '5분도 안 걸리는 일인데 진작 넣을걸' 하고 후회를 하며 자전거에 올라탔습니다.

출근 내내 그간 느낄 수 없었던 바퀴의 통통거림이 어찌나 경쾌하던지. 탄산음료의 기포가 톡톡 터지듯 청량한 기분이 들었어요. 페달이 부드럽게 밟히고, 바퀴에 빵빵하게 바람을 넣고 바로 탔을 때 느껴지는 속도와 커브를 돌 때의 스릴을 즐기며 출근했습니다. 수업 끝나는 종이 울리면 인정사정없이 우다다 뛰어나가 친구들과 자전거로 쉥~ 하며 하교하던 그런 기분! 일하는 내내 좋은

자연은 일절터

120

에너지가 느껴졌습니다.

그러다 신기한 일을 겪었습니다. 출근할 땐 분명 나무에 벚꽃이 하나도 안 펴 있었는데, 퇴근할 때 보니 만개한 거예요. 이렇게 꽃이 빨리 필 수 있는 것인가! 적잖이 놀랐습니다.

"자연, '일잘러'네!"

따뜻한 생동감이 열매에, 잔디에, 나무에 활짝 피어 있었습니다. 자연은 사락사락 조용하게 티도 안 내고 일을 잘해요. 이렇게 자연과 우리가 공생(사실 기생에 가깝다고 생각합니다만)하고 있구나 싶었습니다. 대가 없이는 무엇도 누리기 힘든 각박한 사회인데 작은 대가도 바라지 않고 이렇게 예쁘게 벚꽃을 피워 퇴근길을 행복하게 해주다니. 역시 정이 가고 사랑해 마지않는 봄입니다. 모두의 발길을 멈춰 자발적 광합성을 이끌어내는 봄의 힘. 지구가 자연을 통해 인간을 보살펴주는 것 같다는 느낌이 들었습니다.

좋은 날씨에 취해 갑자기 자전거를 고쳐 타듯, 자연의 시간을 풍경으로 맞닥뜨리듯, 어차피 그렇게 될 일은 노력하거나 애쓰지 않아도 결국 그렇게 되는 것 같아요. 특히 요즘같이 다양한 취향이 존재하는 시대에 무언가를 판단하는 일은 위험할 수 있습니다. 벚꽃 보고 펴라! 말아라! 할 수 없잖아요? 우리 인생도 해라! 마라! 하는 것은 위험합니다. 그러니 그냥 지금 좋아하는 일을 맘껏 하면서 한껏 울기도 웃기도 하다가 예측 불가능으로 다가올 운명의 소나타를 기대하며 또 하루를 보내봅니다.

오늘은 바쁜 일과를 보내는 현대인을 위한 요가 동작을 소개합니다.

요가는 식후 2시간 후쯤, 그러니까 배를 좀 비우고 하는 것이 가장 효과적입니다만, 그러지 못할 때도 많지요. 오늘 소개할 전사 자세는 배가 부른 상태에서도 가볍게 따라 할 수 있다는 장점이 있답니다. 맛있는 것을 너무 많이 먹은 날, 마음의 평정을 찾고 싶은 날, 한번 따라 해보세요!

산을 닮은 전사 자세

산스크리트어로 파르바타Parvatha는 '산', 비라Vira는

'영웅' '전사'라는 뜻입니다. 이 자세는 무릎을 꿇고 앉아
전사처럼 팔을 하늘로 쭉 뻗은 모습입니다.

1. 무릎을 꿇고 앉아 가만히 코로 숨을 쉽니다.
   차분해졌을 때 다리를 벌려 엉덩이가 바닥에 붙
   게 하고, 발등이 엉덩이 옆 바닥에 오게 앉은 후
   다시 숨을 쉽니다.

2. 좀 더 고요한 느낌이 되었다면 손깍지를 껴 앞으로 한 번 쭈—욱 기지개를 켜고 팔을 머리 위로 쭉 펴 올립니다. 이때 어깨가 따라 올라가지 않게 살짝 내려줍니다. (목이 길어진 느낌이라면 맞습니다!) 그 자세를 그대로 유지합니다. 숨을 천천히 들이마시고 내뱉으며 키가 커진다는 상상을 해봅니다.

3. 팔을 더 위로 올려 귀 옆에 팔이 가까이 오게끔 합니다.

더 나아가고 싶다면 바닥에 놓인 발등을 살짝 누르고 복부를 쏘옥 당겨 힘을 채워서, 척추를 따라 머리끝까지 에너지를 채워 쭉 펴봅니다. 그 상태 그대로 5분 정도 유지합니다.

이 자세를 할 때는 무릎을 조심하세요. 무릎은 소모품이란 말이 있잖아요. 저도 항상 무릎을 신경 쓰면서 이 자세를 하고 있습니다. 아기 다루듯 무릎을 조심조심 살살 움직여주는 게 포인트입니다. 무릎에 무리가 간다면 그냥 양반다리로 앉아서 하셔도 됩니다. 무릎은 절. 대. 푸시하지 마세요! 가볍게 등과 어깨를 풀어주고 척추를 곧게 펼 수 있는, 너무너무 좋은 콤팩트한 운동이랍니다.

　전주의 한옥 속 벚꽃은 어떤 모습일지, 오힘 님이 매일 지나다니는 길은 어떤 풍경일지 궁금합니다.

　무탈하시길 바라는 마음으로,
　나마스떼.

내가 사랑하는 도시

오힘

　　일찍 자고 일찍 일어나는 삶을 살고 있습니다. 어쩌면 나는 새벽에 지저귀는 참새가 아니었을까 하는 엉뚱한 생각을 하며 아침을 맞이합니다. 건강상의 이유로 금주 5주 차에 들어가면서 자연스럽게 이른 취침에 들어가게 된 영향도 있는 것 같습니다.

　　저는 올빼미족인 양배쓰 님과 반대로 아침형 인간에 가깝습니다. 새로운 일에 대한 계획, 글, 일기, 그림, 편지 등 오늘 해야 할 일은 아침에 쓰고 정리하며 하루를 시작합니다.

또 저는 아침 풍경을 좋아합니다. 아침에는 밤에 듣지 못하는 소리를 들을 수 있습니다. 아침 일찍부터 짹짹거리는 참새 소리나 쓰레기를 수거하는 미화원의 차 소리, 바람에 나뭇잎들이 일렁이는 소리, 세상을 밝히기 위해 해가 움직이는 소리. 고요함 속에서 많은 것이 움직이는 소리는 굉장히 느리고 바스락한 느낌이 듭니다.

이렇게 아침에 일들을 보고 나면 미리 끓여둔 채수에 어제 시장에서 사 온 콩나물 2천 원어치를 넣고 콩나물국을 따뜻하게 끓여 먹습니다.

아침에 콩나물국을 먹으면 중학교 때 등교 준비를 하던 제 모습이 생각납니다. 엄마가 따뜻하게 끓여준 콩나물국과 살포시 끓인, 쫀득함이 남아 있는 누룽지를 늘 먹었습니다. 거기에 반찬으로는 고춧잎 장아찌. 중학교 내내 먹던 아침밥 메뉴입니다. 밥의 종류나 밑반찬은 조금씩 바뀌었지만 맑은 콩나물국은 항상 올라왔죠.

지겨울 법도 한데 한 번도 밥투정을 해본 적이 없습니다. 늘 엄마는 바빴기에, 그 와중에 차려준 아침밥에 진심으로 감사하다는 마음으로 먹었던 기억이 지금도 있습니다.

　제가 오랫동안 살아온 도시 전주에 관한 이야기를 해볼까 합니다. 태어나고, 자라나고, 현재도 거주 중인 전주를 저는 점점 사랑하고 있습니다.

　잠깐 전주를 벗어나 서울에서 직장 생활을 했던 시기도 있었습니다. 그 시간은 마치 활활 타는 불꽃처럼 화려했지만, 금방 사라지고 없어지는 그 화려함 속에 가려진 외로움의 시간이 더 잘 기억납니다. 치열했습니다. 일터도, 출근하는 전철도, 퇴근하는 버스도 늘 사람으로 가득했던 그곳에서는 만 원 한 장으로 하루를 보내기도 힘들었죠. 서울 생활에서 살아남는 건 로또에 당첨되는 일만큼 어렵고 팍팍했습니다.

　지치고 힘들 때마다 저는 엄마의 콩나물국이 그리웠습니다. 서울 자취방 건너편에 있던 대형마트는 대낮에도 환하게 알전구가 켜져 있는 모습이 마치 어디서든 돋보여야 하는 서울의 느낌과 같았습니다. 그곳으로 들어가 깨끗하고 예쁘게 포장되어 있는 콩나물 한 봉지를 사

내가 사랑하는 도시

서 엄마가 끓여준 콩나물국의 맛을 역추적이라도 하듯 따라 해보려고 애썼던 기억이 있습니다. 결코 그 맛은 아니었지만, 제가 만든 것에 대한 애정으로 먹었었죠.

서울에서의 삶을 중단하고 고향으로 돌아오면서 언제든지 따뜻하게 맞이해주는 가족과 친구 그리고 변함없이 있어준 내 방이 참 고마웠습니다. 서울에서 보낸 6년의 시간이 지금 제가 있는 이곳 전주에서의 시간에 많은 도움이 되었으면 좋겠습니다. 그리고 언제나 그랬듯 엄마는 아침으로 콩나물국을 따뜻하게 끓여 놓아주고 "맛있게 먹어, 딸" 하며 다정한 말투로 제게 용기를 주었습니다. 그래서 지금 제가 이렇게 콩나물처럼 쑥쑥 잘 자라고 있는 게 아닐까, 양배쓰 님께 보내는 일기를 쓰며 생각해봅니다.

전주 하면 콩나물국밥이 생각나지 않으시나요? 저도 갑자기 궁금증이 생겨 찾아보았습니다.

전주는 왜 콩나물국밥이 유명할까? 이 같은 인문학적 소양을 요구하는 질문에 답을 찾아가는 책이 나왔다. 현직 기자

재료

○ 콩나물 500g, 다진 마늘 1작은술, 채
  썬 파 조금, 소금 2큰술

○ 채수 재료: 파 뿌리 한 줌, 다시마 사
  방 5cm 2장, 물 3L

레시피

1 냄비에 3L의 물과 채수 재료를 넣고
   30분 정도 중간 불로 끓인다.

2 콩나물은 깨끗하게 씻고, 파는 어슷썰
   기로 준비한다.

3 거름망을 이용해 냄비에 있는 채소를
   건져내고 소금으로 채수에 간을 한다.

인 이종근 작가가 펴낸 『전라감영 600년 전주인문기행』1,

2권(신아출판사, 2021)에서 작가는 콩나물의 품질에서 답을

찾는다. 전주 부근의 토질이 좋고, 물이 잘 빠져 콩나물 재배

에 안성맞춤이라는 것이다. 육당 최남선의 『조선상식문답』

에서는 콩나물이 우리나라 10대 지방 명식 가운데 하나였으

며, 1920년에 나온 대중잡지 『별건곤』은 전주 콩나물국밥을

서울의 설렁탕, 평양의 어복쟁반과 함께 서민의 3대 음식으

로 꼽았다고 한다.※

⌒ 콩나물국

그래서 오늘의 요리는 콩나물국입니다. 콩나물은 찜

---

4 채수에 씻은 콩나물을 넣고 뚜껑을 닫고 센 불로 끓여준다.

5 김이 날 때 손으로 바람을 일으켜 냄새를 맡아 비린 향이 없다면 뚜껑을 열고 불을 끈 후 마늘과 채 썬 파를 넣

는다. 다시 뚜껑을 닫은 후 남은 열기로 40초 정도 파를 익힌다.

6 기호에 따라 고춧가루를 넣어도 좋다.

※ 김세희, '[신간] 전주의 콩나물국밥이 유명한 이유는', 전북일보, 2021.04.07.

용과 일반용이 있다는 것을 아시나요? 찜용으로 나온 콩나물은 줄기가 통통하고 일반용은 줄기가 가느다랍니다. 확실히 찜용으로는 통통한 콩나물이 좋지만, 국이나 무침을 만들 때는 둘 다 사용해도 무관합니다.

전주에 오신다면 콩나물 한 봉지씩 꼭 사보시기를 추천합니다. 시장에서 파는, 내가 원하는 만큼 담아주는 콩나물을 꼭 드셔보세요.

강아지

양배쓰

　　잠이 덜 깬 아침, 대학교 입시 시절 엄마가 끓여주던 콩나물국이 생각납니다. 예민이 터지던 시기였던지라 신경질을 박박 내고 짜증을 내도 엄마는 입에 뭐라도 넣어야 공부가 잘된다며, 철딱서니 없는 딸내미에게 미우나 고우나 콩나물국이며 북엇국이며 미역국을 해 먹이셨지요. 그때의 해가 뜨지 않은 새벽이 떠올라 포근한 기분이 들어 오랜만에 추억에 잠겼습니다.

그 추억의 장면 속엔 항상 강아지가 있었습니다. 문 앞에서 꼬리를 흔들며 반겨주면서 어리석은 인간의 성장기와 지지고 볶는 가족사를 지켜봐주던 존재였지요. 비가 오나 눈이 오나 우리 집 어딘가에서 엄마의 콩나물국처럼 당연했던 생명체.

지난 7월, 당연하게 제 곁에 있을 거라고 생각했던 생명체인 우리 집 강아지가 죽었습니다. 덥고 습한 여름이었습니다. 일하는 도중 엄마에게 연락이 왔어요. 언제나처럼 "그냥 걸어봤어. 밥 먹었니?"라고 할 줄 알았는데 엄마는 "은혜야…, 꼬미가 이상해"라고 말문을 열었습니다.

이름: 꼬미 (아이보리색 푸들)
나이: 14세
#진한눈물자국 #아빠처돌이 #질투는나의힘 #예민보스 #파마머리

꼬미가 영 힘이 없고 숨을 이상하게 쉬면서 도통 걷질 않는다는 것이었습니다. 예전에 닭 뼈를 잘못 먹었을 때도 꼬미는 같은 증상을 보였습니다. 그래서 아무것도 모르는 저는 애한테 뭘 먹였냐며 괜히 엄마에게 핀잔을 늘어놓았어요.

　부랴부랴 퇴근을 하고 힘이 쭉 빠진 꼬미를 안고 엄마와 병원으로 향했습니다. 의사 선생님은 피검사를 해보고 나서 일단 입원을 시키자고 하셨습니다. 깜짝 놀랐습니다. 입원이라뇨, 무섭게. 그냥 뭐 잘못 먹어서 그런 거 아닌가요? 작은 강아지 입원실에 꼬미를 놓아두고 우리 가족은 무겁고 긴긴 밤을 보냈습니다.

　하루가 지나고 검사 결과를 들으러 갔습니다. 그냥 놔두면 담즙이 퍼져 죽을 거래요. 수술을 하더라도 죽을 확률이 90퍼센트라고, 선생님은 어떻게 할지 가족회의를 해보시는 편이 좋겠다고 하셨습니다. 뭘 어떻게… 하라는 걸까요.

　병원에 마련된 테라스에 앉아 있으니 7월 여름의 날카로운 볕과 함께 선선한 저녁 바람이 불었습니다. 아빠는 "애(꼬미) 힘들게 하지 말고 집에 데려가자"라고 말씀하시고, 엄마와 저는 어떻게 그러냐며 10퍼센트라도 가능성은 있지 않냐고 했습니다. 저항할 수 없는 자연의 섭리와 인간의 이기적인 집착이 뒤엉키는 시간이었습니다.

　결국 저희는 꼬미가 매일 앉아 있던 소파와 담요, 평생 함께 지낸 말티즈 '몽이'가 있는 집으로 가기로 결정했습니다. 듣지 않을 진통제와 함께. 수술을 하지 않기로 한 것입니다.

　우리 가족은 이 결정이 옳은 것인지 몰라 헤매는 눈동자로 서로를 바라보며 목조차 가누지 못하는 아이를 안고 다시 원래 자리로 돌아왔습니다. 걷지도 못하고 눈을 맞추지도 못하는 아이가 위태로운 숨을 쉬며 누워 있었습니다. 몽이는 안절부절못하며 꼬미 곁에는 가지도 못했습니다.

　우리에게 너무나도 큰 행복을 가져다주었던 아이. 착하고 사랑 많은 아빠의 무조건적인 지지자였고, 엄마의 껌딱지였으며, 나의 비밀 이야기를 묵묵히 들어주는 친구였죠. 꼬미는 버티고 버티다가 자정이 지나 온 힘을 다해 우리와 눈을 맞춰주는 초인적인 힘을 발휘하고는 몸을 한 번 쭉 뻗더니 죽어버렸습니다.

　집에서의 거의 모든 시간을 함께한 가족이 없어지는 일은 우리 가족 모두 처음 겪는 일이었습니다. 꼬미가 죽은 후, 슬픔을 견디기 힘들어 매일 모여 꼬미 사진과 동영상을 보고 "그때 그랬지" 하며 울다가 웃다가를 반복했습니다.

시간은 묵묵히 흘러 몇 달이 지나갔습니다. 아직도 꼬미와 비슷한 아이를 보면 그리움에 다리에 힘이 풀려 주저앉아 한참을 울고, 울다가 엄마에게 전화를 해서 같이 엉엉 울다가 또 다시 웃으면서 꼬미를 가슴속에 품고 살아가고 있습니다. 슬프지만 행복했던 추억이 한가득입니다.

사랑이란 말이 피상적으로 느껴지는 건 말로 다 표현하기엔 너무 부족하기 때문인 것 같습니다. 영원한 건 없다는 절대 진리 앞에서 우리가 할 수 있는 건 없다는 것을 잘 알고 있지만, 갑작스러운 이별에는 정신을 차릴 수가 없습니다. 돈, 명예, 부동산. 이런 건 하나도 중요하지 않습니다. 모두가 같은 결말을 끌어안고 살지라도 각자가 몸담고 있는 곳에서 최대한 즐거운 추억을 많이 만드는 일이 인간으로 살아감에 있어 최선이 아닐까라는 생각이 듭니다.

답답하거나 신경을 많이 쓴 날은 뒷목과 어깨를 만지며 "아, 뒷골 당겨"라는 말을 하게 됩니다. 뻐근하고 딱딱하게 경직된 목과 어깨, 하루 종일 가드를 올리고 고생한 나의 하루를 풀어주듯 척추와 어깨를 펴게 해주는 확장된 강아지 자세를 소개합니다.

◠확장된 강아지 자세

1. 테이블 자세(손바닥과 무릎, 발가락이 바닥에 닿아 있는 'ㄷ'자 형태)에서 양손을 20센티미터 정도 앞으로 보냅니다.

2. 가슴을 바닥 쪽으로 쭉 내려 이마를 바닥에 대고

(이마가 바닥에 닿지 않는 경우 요가블록을 사용하면 됩니다) 목을 편안하게 쉬게 해줍니다.
3. 팔을 쭉 펴고 허리는 아치 형태로 만들면서 점점 바닥과 가까워집니다.
4. 가슴이 바닥에 닿았다면 턱을 바닥에 대고 더 깊은 자세로 들어가봅니다.

한낮의 잠에서 깨 노곤노곤한 강아지가 기지개를 쭉 켜듯 우리도 척추를 쭉 늘려 가슴을 펴보아요. 가슴과 목, 겨드랑이가 고무줄처럼 늘어나고, 위로 올라간 엉덩이와 골반도 시원해질 거예요. 삶이 힘들 때 생각이 아닌 내 몸의 움직임에 빠져보는 것을 적극 추천드립니다.

좋아하는 나무 아래 쌓인 낙엽 더미에서 신나게 부샤샥부샤샥 뒷발질을 하던 꼬미를 떠올리며 글을 마칩니다.
나마스떼.

다정함은 필요해

오힘

　　　　　　　코로나가 등장하기 전 갔던 마지막 장기 여행은 2019년 여름, 한 달 동안 독일과 덴마크에서 보낸 여행이었습니다. 그중 열흘을 덴마크에서 보냈습니다. 가기 전에는 유명한 랜드마크나 미술관, 레스토랑만 갈 계획이었지만, 지내는 동안 공원, 운하, 동산에서 시간을 보내는 사람들과 다정하게 이야기 나누며 여유를 즐기고 평화로운 한때를 보낸 기억이 오랫동안 생각나는 나라 중 하나입니다.

저는 코로나로 여행을 가기 어려워진 후 다른 나라의 현지 라디오를 들을 수 있는 앱을 통해 종종 분위기를 전환시키곤 합니다. 직접 갈 수 없다면 나만의 방법으로 그 나라에 간 것처럼 일종의 최면을 걸어보는 거죠.

앞서 이야기했지만, 저는 식물이나 허브 키우는 일을 좋아합니다. 요리를 좋아하고 즐기게 되면서 구하기 어려운 허브는 씨앗을 구매해서 키우기도 하고, 크고 작은 식물을 집으로 하나씩 들이면서 지금은 열 가지가 넘는 식물들과 함께 살고 있습니다.

식물을 키우기 전에는 물만 잘 주면 될 거라고 생각했는데, 결코 그렇지 않았습니다. 그저 물만 잘 줘서 여러 식물이 무지개 다리를 건넌 후, 많이 배우고 느꼈습니다. 이 친구들도 관심이 필요하구나.

제가 며칠 신경 쓰지 않으면 금세 알아차리고서 토라진 남친처럼 자기 몸의 일부를 힘없이 늘어뜨려 저를 곤란에 처하게 합니다. 인생은 타이밍이라고 했던가요. 눈치 없이 그 친구들의 이상 반응을 알아차리지 못하는 날이면 정말 고약한 친구는 어느새 제가 어찌할 수 없을 만큼 시들어 다시는 볼 수 없는 사이가 되어버리죠. 빨리 알아차린 날에는 심폐소생술같은 물, 햇빛, 바람의 처치로 한 생명을 구하기도 합니다.

　일 때문에 오랫동안 집을 비운 적이 있습니다. 저의 반려식물들을 친구에게 보살펴달라고 부탁하며 물을 주는 주기표까지 만들어 보내주고, 마음 놓고 일을 하러 떠났습니다. 그런데 일을 마치고 돌아와 보니 저의 식물들이 알음거리고 있어서, 무슨 일이 있었던 걸까 생각해봤습니다. 아마 일정한 환기와 관심이 필요했던 것 같습니다. 집 안에서 오며가며 하는 터치나 물을 주고 창을 열어주며 건넨 혼잣말들을 식물들이 듣고 느끼고 있었던 게 아닌가 싶었습니다.

　지금은 마음에 드는 식물을 발견해도 더 이상 집으로 들이지 않습니다. 지금이 딱 제가 챙길 수 있을 만큼만 들여놓은 상태니까요.

　식물을 키우고 싶지만 자신이 없다면 남천나무를 추천합니다. 사계절 내내 푸르름을 볼 수 있고 크게 신경 쓰지 않아도 식물집사를 기쁘게 하는 친구입니다. 여름에는 잎이 푸르고 겨울에는 잎이 빨갛게 물들면서 붉은

다정함은 필요해

열매를 작게 맺는, 무드도 아는 친구입니다. 식물에도 여러 성격이 있다는 것이 너무 웃기지 않나요? 저도 매일 신기해하며 배우는 것들이 참 많습니다.

참 신기해요. 늘 알 수 없는 곳에서 무언가를 배워간다는 생각이 듭니다. 식물이 나약할까요, 아니면 인간이 나약할까요? 엉뚱한 질문이지만 저는 식물보다 인간이 더 나약한 존재라고 생각했어요. 식물은 인류가 생기기 전부터 존재했고, 인간보다 수명이 길고 강직하다고 생각했습니다. 인간은 작은 말들에 힘없이 무너지고 반대로 살아나기도 하니까요. 하지만 사실은 식물도 사람도 나약해요. 그럼에도 둘 다 다정한 사랑을 받아 성장해 가는 것이 아닐까 하는 생각을 해봤습니다.

오늘 베란다에 있는 반려식물들에게 다정하게 말을 건네주었습니다. 어쩌면 식물들에게 하는 그 다정한 말이 곧 나에게 하는 말이 아닐까 합니다.

⌒잣죽

오늘의 요리는 잣죽입니다. 바깥 활동으로 추운 날

재료	레시피

재료

○ 불린 쌀 1컵, 잣 1/2컵, 물 3컵, 소금 약간

레시피

1 20분 정도 불린 쌀 1컵과 잣 1/2컵을 준비한다.

2 충분히 물기를 제거한 후 쌀을 블랜더에 넣고 1컵의 물을 붓는다.

3 잣도 넣고 갈아준다. 씹히는 느낌을 좋아한다면 적당히 갈아주면 된다. 부드러운 죽을 원하면 더 곱게 갈아준다.

에는 속도 편하고 마음까지 편하게 해주는 죽이 딱 좋습니다. 특히 가을에 수확한 잣은 영양가가 풍부해 미네랄이나 식물성기름 등의 영양을 보충할 수 있답니다.

잔뜩 움츠러들어 있었던 오늘, 양배쓰 님이 알려주신 강아지 자세를 따라해보며 따뜻한 차를 마시고 하루를 마감하려고 합니다.

---

4 간 재료를 냄비에 붓고 중간 불에서 저어가며 물 2컵을 마저 붓는다. 원하는 농도에 따라 물을 더 넣어도 된다.

5 약한 불로 천천히 20분 정도 저어가며 끓여준다.

6 먹기 직전에 소금 간을 해야 삭지 않고 좋다.

북유럽

양배쓰

　　식물을 사랑하는 오힘 님의 모습을
보니 북유럽이 그리워집니다. 스무 살 즈음 영화 〈카모메
식당〉을 만난 후, 요가만큼이나 요란하고 유난스럽게 북
유럽을 사랑하기 시작했습니다.

　　카모메 식당이 보여준 북유럽은 이런 이미지였습니
다. 이상하리만치 파란 하늘의 헬싱키, 일본과 핀란드의
이상한 아주머니들, 생전 처음 보는 유럽 소년 오타쿠,
향긋한 커피와 시나몬 롤. 특히 시나몬 롤을 만드는 장면

은 저의 눈을 완벽한 하트로 만들기에 충분했습니다.

그리하여 저는 아버지께 북유럽 여행 기획서를 제출하고 컨펌받아 얻은 500만 원으로 첫 북유럽 여행을 떠났습니다. 근데 너무 환상을 가졌던 것일까요? 다소 음침한 헬싱키, 깔끔하게 차려입은 깍쟁이 같은 스웨덴 사람들, 북유럽 중 가장 패션 센스가 없었던 덴마크 젊은이들, 영국의 줏대라곤 없는 맛없는 음식과 인종차별은 저의 환상을 가볍게 깨부숴주었습니다.

'아…, 사람 사는 곳은 다 똑같구나.'

각 도시의 아름다움 뒤에 숨겨진 인간미(?)를 경험하고 아이러니하게도 북유럽이 더 좋아졌습니다. 너무 넘사벽이면 매력이 없지 않습니까.

그곳엔 평생을 좋아해도 모자랄 핀란드의 패브릭 브랜드 '마리메꼬', 수많은 세컨핸드숍, 간간이 비치는 유리같이 맑은 햇살, 어디서나 운동복을 입고 달리는 건강한 사람들, 풍성한 베리류 과일들이 있었습니다. 그리고 그 가운데, 누구에게나 공평하게 자리 잡은 여유가 있었습니다. 그 모습들을 미래의 영양분으로 착착 쌓고 한국으로 돌아왔어요.

그러고도 식지 않은 북유럽 사랑은 그 이후에도 계속되었습니다. 여름휴가는 핀란드로, 신혼여행은 노르웨이로 가는 등 습관처럼 그곳을 다시 찾았습니다.

지금은 바쁜 일상으로 북유럽의 '북' 자도 못 꺼내는 상태인데요. 그럴 때면 대리만족으로 넷플릭스 검색창에 헬싱키, 코펜하겐, 스톡홀름, 핀란드, 덴마크, 스웨덴, 노르웨이를 무한 반복으로 검색하면서 북유럽을 간접 구경하고 있습니다. 그때 그 거리는 어떻게 변했을까, 하며 눈을 동그랗게 뜨고 찾고, 어쩌다 지나갔던 거리를 화면에서 찾으면 속으로 '아싸!' 하면서 혼자만의 행복감에 황홀해지곤 합니다.

제 주변 친구들도 여행을 갈망합니다. 친구 중에는 동유럽 러버들도 있고, 아이슬란드를 여행할 때 들고 다녔던 핑크색 캐리어만 봐도 설렌다는 순딩순딩한 친구도 있고, 태국 전문가도 있습니다. 캐나다의 요가 페스티벌 체험에 대해 눈을 반짝이며 말해주는 귀여운 요가 선생님도 있고요. 독감 주사 맞듯 주기적으로 치앙마이에 가야 한다는 친구, 미국에 살고 있지만 한국을 그리워하는 친구 등등 각자의 힐링 여행지들이 하나씩 있어요. '지구는 넓다!'라는 말이 와닿는 순간입니다.

여행의 좋은 점은 치열한 일상에서 벗어나 느긋해질 수 있다는 것. 몸속에 쌓여 있던 노폐물이 빠져나가는 것만큼 기분전환이 됩니다. 저는 아무 계획 없이 발길 닿은 곳에서 커피를 마시거나 천천히 걸으며 낯선 곳 구석구석을 돌아다니는 게으른 여행을 좋아합니다.

이렇게 오래 걷다 보면 다리가 붓고, 골반도 많이 아파지는데요. 이럴 때 제가 즐겨 하는 요가를 소개합니다. 이 자세는 "오늘은 털끝 하나도 움직이지 않겠어!" "정말 아무것도 하기 싫어!"의 상태에서도 하기 좋습니다.

⌒ 뒤로 젖혀진 나비 자세

1. 요가블록(혹은 약간 빵빵한 베개)을 브래지어 선 밑에 두고 눕습니다.
2. 발바닥을 맞대어 하체를 나비의 날개 모양으로 만들어봅니다.
3. 코로 숨을 천천히 쉬면서 온몸에서 힘을 쭉 빼봄

니다.

4. 힘이 다 빠졌다고 느껴진다면 양팔을 머리 위로 올려 만세를 하거나 두 팔꿈치를 잡아봅니다.

5. 아까보다 더 편안하게 느껴지도록 힘을 쭉 빼고 조용한 내 주위의 공기와 소리를 느껴봅니다.

이 자세의 관건은 힘을 빼는 것입니다. 조금이라도 몸에서 긴장감이 느껴진다면 툭… 하고 긴장을 풀고 "휴 ~" 하고 숨을 내뱉으면 더 도움이 됩니다.

저는 요가 전에 골반의 평평한 부분에 요가블록을 놓고 다리를 쭉 펴서 골반을 풀어주거나(간단하지만 정.말.

시원하답니다) 가슴 밑에 놓고 가슴을 살짝 열어 수업 전 워밍업으로 이 자세를 하곤 합니다. 도저히 몸을 움직일 힘이 없을 때나 긴 여행의 시작과 끝에 이렇게 살살 몸을 풀어주면 훨씬 나아질 거예요.

요가는 누구도 따라할 수 없는, 내 몸으로 나만이 할 수 있는 여행이라고 생각해요. 유튜브에 요가를 검색하면 '요가니드라'라고 하는 영상을 종종 볼 수 있는데요. 눈을 감고 누워 발끝에서 머리끝까지 바닥에 닿아 있는 나의 몸을 느끼면서 스스로를 인식하는 명상의 한 종류입니다. 저도 처음엔 이게 뭐하자는 건지 정말 이해가 안 갔는데, 마음이 시끄러울 때 안내자의 음성에 집중하며 몸의 구석구석을 살피니 생각을 단순하게 해주는 데 좋았습니다. 깊은 잠에 들게 되고, 편안해지더라고요. 무엇보다 여행에서는 정말 많은 것을 보기 때문에 눈이 피로해지는데, 요가니드라는 눈을 쉬게 하는 데 그만입니다.

요즘은 얼마나 많은 돈이 있느냐보다 얼마나 많은 마음의 여유와 경험을 갖고 있느냐가 더 큰 재산이라는

생각이 들어요. 밖으로의 여행도 중요하지만, 내면으로의
여행으로 더 편안해지시길.

나마스떼.

소울푸드, 된장국

오힘

어릴 적, 배가 아프면 엄마는 늘 제 배를 동그랗게 쓰다듬어주고 된장국을 끓여주셨습니다. 그래서인지 저는 지금도 찬 음식을 많이 먹거나 긴장을 해 배가 아플 때면 된장국 생각이 납니다. 그중에서도 시래기가 들어간 된장국을 굉장히 좋아합니다.

시래기는 세 가지 종류가 있습니다. 배추 겉면이나 무청을 삶아 짠 후 말린 시래기, 절인 배추나 무청에서 뜯겨 나온 잎의 시래기. 마지막으로 김장 김치를 통에 담고 나서 맨 위를 절인 배춧잎으로 덮어주는데요. 윗면의 김치가 마르지 않고, 우거지가 끼는 것을 막기 위해 덮어둔 이 배춧잎을 나중에 갖은 양념으로 무쳐 먹는 시래기가 있습니다.

어떤 시래기든 된장국을 끓이기에는 제격입니다.

이처럼 저는 된장국을 정말 좋아합니다. 몸이 지치거나 입맛이 없을 때면 제일 먼저 된장국이 생각날 정도입니다. 얼마나 좋아하냐면, 매일 먹어도 한 달은 족히 먹을 수 있을 거예요. 장담할 수 있습니다. 심지어 집을 오랫동안 비웠다 돌아오면 어김없이 된장국을 끓여 따듯한 밥을 한술 말아 김치를 올려 먹습니다. 그러면 아, 무사히 잘 돌아왔구나 하고 그제야 안심이 됩니다. 외부에서 지친 몸과 마음이 사르르 녹는 순간입니다.

또 간편하게 끓일 수 있고 속도 편한 된장국을 양껏 끓여두면 꺼내어 먹기도 좋고, 여름에는 차갑게 해서 먹어도 맛에 크게 변화가 없어서 좋습니다.

제가 된장국을 사랑하는 이유는 '어릴 적 식습관과

입맛은 영원하다'라는 말처럼 바쁜 와중에도 엄마가 자주 해주셨던 음식 중 하나라서 그런 것 같습니다.

　제가 어릴 때만 해도 지금처럼 다양한 식재료가 있는 게 아니어서, 엄마는 한국적인 식재료를 가지고 음식을 해주셨습니다. 된장국, 콩나물국, 미역국, 뭇국, 김치찌개, 김칫국. 더군다나 엄마가 육식을 좋아하시지 않아 어릴 때부터 채소로 만든 음식을 많이 먹었습니다. 그래서 지금도 채소에 대한 선입견 없이 잘 먹고, 굉장히 튼튼하게 잘 자랐습니다.

　요즘은 해외에서 들여 온 다양한 식재료와 요리로 식탁 위가 화려해지고 향이 짙습니다. 저도 호기심이 많아 다양한 식재료와 요리법으로 음식을 따라 해보고 먹어보지만, 결국에는 한식으로 돌아와 숟가락과 젓가락을 들고서 "김치 없이 못 살아! 된장, 고추장 없인 정말 못 살아!"를 외칩니다.

　운 좋게 장을 담그는 엄마 밑에서 자라 어릴 적부터 토종 된장을 먹고 자랐기에 집 된장의 고소하고 묵직하며 달큰한 맛도 좋아합니다. 이 향기가 불편하다는 사람도 있지만, 제게는 왜 이렇게 향기로운지 몰라요.

재료

- 된장 2큰술, 삶은 무청 한 줌, 국간장 1작은술, 소금 한 꼬집, 다진 파 1큰술, 다진 마늘 1작은술

- 육수 재료: 쌀뜨물 2L, 멸치 반 줌, 파 뿌리 2개, 다시마 사방 5cm 1장

레시피

1 육수 재료를 냄비에 넣고 중간 불로 20분간 끓인다.

2 냄비에서 육수 재료를 건진 후 된장을 넣어 풀어준다.

⌒시래기 된장국

어릴 적 자주 먹은 음식은 커서 소울푸드가 되는 것 같습니다. 힘들 때 생각나고, 그리울 때 생각나는 저의 소울푸드는 역시 된장국이 아닐까 싶습니다. 그래서 오늘은 된장국 레시피를 소개합니다. 넉넉하게 끓여두었다가 소분해서 냉동 보관해 드셔도 좋습니다. 멸치 육수, 채수, 쌀뜨물을 사용해 끓이면 더 맛있는 된장국을 맛볼 수 있습니다. 시래기가 없다면 알배추, 봄동, 시금치, 씻은 김치를 재료로 사용해 된장국을 만들 수 있습니다.

---

3 삶은 무청은 깨끗한 물로 헹군 후 짜서 쏭쏭 썰어준다. 필요하다면 곱게 갈아도 된다.

4 썬 무청을 된장 베이스 육수 냄비에 넣고 중간 불로 20분 끓여준다.

5 국간장이나 소금으로 간을 맞춘다.

6 파, 마늘을 넣고 센 불에서 30초 끓인 후 불에서 내린 다음 뚜껑을 닫고 30초 뜸을 들이면 된다.

양배쓰 님이 알려주신 긴장감을 풀어주는 나비 자세를 한 후에 따듯한 된장국을 한술 뜨면 긴장에서부터 해방될 수 있는 저녁 시간이 되지 않을까 싶습니다.

제가 된장국을 좋아하는 것처럼, 양배쓰 님의 소울 푸드는 무엇인가요? 궁금합니다.

오픈 보디, 오픈 마인드

양배쓰

오힘 님의 글을 보고 저의 소울푸드
는 무엇일지 생각해보았습니다. 저의 소울푸드도 오힘
님과 같은 맥락인데요. 바로 아버지가 끓여주신 '그냥 있
는 거 다 때려넣은' 터프한 김치찌개입니다. 엄마의 섬세
하고 순한 김치찌개와는 차원이 다르죠. 오늘도 밥에 물
을 말아 이 시원시원한 김치찌개를 곁들여 먹고는 집이
너무 더워 눈곱도 떼지 않고 선크림과 태닝 로션을 몸에
넉넉히 발라주고 냅다 밖으로 나왔습니다. 저는 꽤 충동

적인 성격인가 봅니다.

저는 다른 계절과는 달리 여름에는 가만히 있으면 금방 답답함을 느낍니다. 오히려 막 움직여서 땀과 아드레날린을 분출해야 시원한 것 같아요. 저희 동네에는 천이 흐르고 있어 천 옆으로 난 길을 따라 좀 걸었습니다. 찰랑이는 민소매 안으로 들어오는 적당히 시원한 바람이 몸의 세포를 깨워주는 느낌이 듭니다. 회사용 롱팬츠에 한참 감춰졌던 다리도 "안녕~" 하고 햇살과 인사시켜 주었어요. '아~ 공기를 잔뜩 먹을(?) 수 있어!'라며 숨을 시원하게 쉬다가 벤치가 나오면 앉아 해를 정면으로 마주 보고 한껏 뜨거운 해를 즐겼습니다.

잡티가 걱정되지는 않느냐고요? 물론 걱정이 되기는 하지만, 여름의 해가 더 좋습니다. 애매하게 햇빛을 맞는 것보다는 훌떡훌떡 시원하게 벗고 온몸으로 맞는 게 기분전환이 확실히 되더라고요! 집에 들어오면 피곤해 쓰러지지만, 그래도 야외 태닝이 정말 좋습니다.

하지만 이제는 햇빛이 무조건 좋은 것만은 아니게 되었습니다. 기술 발전으로 인해 화석연료를 덜 사용하

오르트, 오르트 마인트

160

게 되면서 대기오염이 조금 줄어든 것이 사실이라고는 합니다만, 이 때문에 오히려 자외선이 사람의 피부에 더 직접적으로 침투하게 되었다고 하더라고요. 그동안 대기 중의 구름이나 먼지가 자외선을 막아주었다는 것이지요. 이러나저러나 마음껏 누리던 햇빛도 이제는 조심해야 할 요소가 되어버린 것이 태닝을 좋아하는 저로서는 참 아쉽습니다.

그래도 희소식이 있습니다. 슬슬 우리가 좋아하는 페스티벌의 계절이 왔다는 것입니다. 최근 회사 동료가 퀴어 페스티벌을 즐기고 와서 이야기를 나눴습니다. 그는 이성애자이지만 퀴어 페스티벌을 경험하고 축하하고자 썸남과 함께 참여했다고 하더군요. 참 건강한 'joy'구나 싶었습니다. 퀴어 페스티벌 참가자들을 둘러싼 훨씬 더 많은 인파의 반대 세력이 난교가 어쩌고, 에이즈가 어쩌고 하는 피켓을 들고 있었다는 걸 제외하곤 다들 마스크를 잘 쓰고 질서를 지키는 모습이었다고 합니다.

이제 우린 '알아서' 자신과 타인을 지킬 줄 아는 인간이 되었습니다. 이 극단의 시대에서도 우리가 균형을 잡을 수 있는 건 많은 개개인의 오랜 고민과 학습으로 평정심과 우아함이 생긴 덕분이 아닐까 싶습니다. 경험으로 얻어낸 오픈 마인드, 평화 모드인 것이죠.

오늘의 요가는 '낙타 자세'입니다. 산스크리트어로는 우스트라아사나Ustrasana라고 합니다. 여기서 우스트라Ustra는 '낙타'라는 뜻입니다.

낙타 자세

1. 무릎을 꿇고 상체를 세웁니다.
2. 가슴 앞에서 손을 합장하고 서서히 몸을 뒤로 넘깁니다.
   * 넘길 때 주의할 점: 목을 투 턱이 되게끔 가슴 쪽으로 당길 것, 그리고 꼭 숨을 쉴 것!
3. 어느 정도 몸이 내려갔다 싶으면 합장한 팔을 발뒤꿈치 쪽으로 내려 잡아봅니다.
4. 천천히 고개를 완전히 뒤로 젖힙니다.
5. 복부와 허벅지 힘을 유지하며 충분히 숨을 쉬다가 허리로 상체를 지탱하며 올라옵니다.

6. 무릎을 꿇고 앉아 상체를 바닥으로 쭈욱 내린 뒤
(아기 자세) 남아 있는 기운을 느껴봅니다.

요가 선생님은 낙타 자세를 할 때 심장을 꺼내먹으
라는 듯 몸의 앞면을 완전히 늘려 다 열어내야 한다고 표
현합니다. 그만큼 몸이 많이 열려야 하는 자세입니다. 이
자세는 묘한 것이, 초급자든 중급자든 숙련자든 상관없
이 어렵게, 혹은 부담을 느끼는 것 같습니다. 초급자라면

깊은 후굴의 과정이 힘들 것이고, 숙련자라고 하더라도 그날의 컨디션에 따라 '쉽게' 얻어지는 자세는 아닙니다. 이렇게 동등한 어려움(?)을 느끼고 나서는 요가 후에 함께 수련한 사람들과 자연스럽게 친해지곤 합니다. 몸을 활짝 열어서 그런지 마음도 활짝 열리나 봅니다.

　오늘은 이 뜨거운 여름에 몸이 잘 열리듯이 '오픈 보디, 오픈 마인드'를 이야기해봤습니다. 움츠러들었던 몸도 오픈, 찌뿌둥했던 마음도 햇빛으로 다림질을 해 오픈. 용기를 갖고 양팔 벌려 오픈!
　안면이 활짝 열려 시원한 웃음으로, 나마스떼.

걱정은 바람에
근심은 바닷속에

—————————— 오힘

　　무더운 여름을 양배쓰 님의 방식으로 보내시는 모습이 읽는 내내 평화롭게 느껴졌습니다.

　　야외 마스크 해제로 조금 자유로워졌다지만, 다시 코로나 확진자 추이가 늘어나 스스로 마스크 잘 쓰기에 임하고 있는 요즘입니다. 가늘고 긴 장마로 습해진 날씨에 더위가 더 힘들게 느껴집니다. 마치 물고기가 되어버린 듯한 느낌입니다. 아무래도 여름이 가장 마스크 쓰기 힘든 계절이 아닐까 싶습니다.

제가 지금 머물고 있는 제주는 제습기 없이는 살 수가 없을 정도입니다. 저희 집에서 제일 바쁜 친구는 제습기입니다. 섬의 로망은 로망으로 묻어두고, 현실의 제주에 살고 있습니다. 거주지가 된 제주에서의 삶은 항상 낭만이 함께할 줄 알았는데, 또 속아 넘어갔습니다.

그래도 여름을 좋아하는 저에게 제주에서의 일을 견디게 하는 가장 큰 기쁨은 바다에 풍덩 빠질 수 있거나, 햇살 좋은 날 태닝 오일 하나 들고 나가면 책을 보거나 낮잠을 즐길 수 있는, 쉼표가 될 만한 그늘이 있다는 점입니다.

가끔은 여행자가 너무 많아 도로가 막혀 힘이 들 때도 있지만, 여행자들의 에너지 넘치는 모습을 보면 저도 덩달아 여행 온 기분이 들어 그 에너지를 전달받을 때도 있습니다. 우리도 알잖아요! 여행자의 입장을. 그리고 그들에게서 뿜뿜 뿜어져 나오는 에너지를 말이죠.

이번 해에 제 주변에도 유난히 퀴어 페스티벌에 다녀오신 분들이 많이 있어요. 그런 모습을 보면 우리나라도 많이 변하고 있는 것 같습니다. 예전에는 퀴어나 페미니즘 이야기를 하거나, 퀴어 페스티벌에 다녀오면 '혹시…?'라고 생각했는데, 요즘은 다양한 문화를 알고 싶어 하고 이해의 폭을 넓혀나가고 싶은 마음을 가진 사람이라고 생각하게 됩니다. 이러한 변화가 많은 사람과 폭넓고 깊은 대화를 할 수 있는 바탕이 되는 것 아닐까요? 책으로는 알 수 없는 이야기와 흔하게 만날 수 없는 사람들에게 내가 먼저 손을 내민다면, 얼마든지 친구가 되어 도움을 주고받는 관계가 될 수 있을 테니까요.

저도 연인이 생기면 퀴어 페스티벌에 함께 가서 데이트를 하고 싶습니다. 연인의 퀴어에 대한 생각도 궁금하고, 더 나아가 그 사람이 다양한 사람들을 이해하는 넓고 깊은 사람이었으면 좋겠습니다. 혐오적인 생각을 가진 사람이 아닌 열린 사람, 다양성과 다름을 존중할 줄 아는 사람 말이에요.

저는 정해진 답이 있는 것보다 다양한 해석을 바탕으로 여러 생각을 공유하는 것을 좋아합니다. 얼마 전 박찬욱 감독의 영화 〈헤어질 결심〉을 봤을 때도 그런 생각

재료

○ 홀토마토 1캔, 양파 반 개, 마늘 2쪽,
청양고추 3개, 고수 또는 오레가노
(건조한 것도 가능) 1큰술, 설탕 3작은
술, 소금 1/2작은술, 레몬 1개

레시피

1 홀토마토를 볼에 담아 으깨준다.

2 양파와 청양고추는 다져준다.

3 마늘은 으깨어 준비한다.

을 했습니다. 여자 주인공의 집 벽지가 파도 패턴으로 보이기도 하고, 산 패턴으로 보이기도 하고, 벽지에서 이 패턴으로 영화가 전개됨을 알리는 힌트가 보이기도 했죠. 또 파란색과 청록색의 경계는 어떻게 해석해야 하나? 이런 생각도 했습니다.

　이 영화처럼 여러 의미가 곳곳에 숨어 있는 영화는 지브이GV로 보면 더 많은 생각을 들어볼 수 있어 좋습니다. 관객들이 영화에서 감독보다 더 많은 것을 발견하고, 그것을 다양하고 재미있게 해석하는 것을 듣는 재미가 쏠쏠하거든요. 많은 사람의 이야기가 꽃피어 볼거리가 풍성해지고, 풍부한 대화로 풍요로운 대화의 장이 열

4　고수나 오레가노는 다진다. 건조한 고수와 오레가노는 그대로 사용하면 된다.

5　레몬은 즙을 내준다.

6　으깬 토마토가 담긴 볼에 준비된 재료를 모두 넣고 골고루 섞는다.

7　간이 부족하다면 설탕 혹은 소금을 조금씩 넣어 간을 맞춘다.

리는 것이죠.

〇살사소스

    오늘은 앞에서 소개한 채소 몽땅 샐러드와 함께 곁들일 수 있는 살사소스를 소개하겠습니다. 더운 여름, 불 없이 할 수 있는 맛있고 살 덜 찌는 레시피입니다.

    넉넉하게 만들어 두었다가 삶은 숏 파스타를 차가운 물에 헹군 후 이 소스로 버무려서 냉파스타로 즐겨도 좋습니다. 또 나초 칩 위에 채소 몽땅 샐러드를 담고 살사소스를 올려 먹으면 취향 저격당할 만한 맛이 납니다. 이 요리를 준비해 집에서 영화 한 편 보며 열대야를 나보는 건 어떨까요.

커넥트!

양배쓰

　　　　오힘 님의 살사소스 레시피를 보고
요리영화 〈줄리 앤 줄리아〉가 떠올랐어요. 이 영화에서
주인공 줄리가 남편과 요리를 해 먹는 장면이 있는데요.
버터에 푹 담가 구운 바게트에 살사소스를 듬뿍 올려 먹
습니다. 바삭한 빵에서 칠리와 토마토 향이 나면 얼마나
맛있을까 싶어 무작정 따라 해보았어요. 만들기 정말 간
단해서 얼마간 이 소스를 왕창 만들어 (말씀하신 대로 영화
를 보며) 한 번은 바게트에, 한 번은 파스타에, 한 번은 나

초 칩에, 한 번은 계란프라이 위에 얹어 먹고, 섞어 먹는 등 매일매일 먹었습니다. 참 응용이 다양한 요리였습니다. 여름과 이보다 더 잘 어울릴 수는 없다고 생각했습니다! 오힘 님의 레시피와 저의 행복한 기억이 이렇게 연결되는군요.

제주도에서 오힘 님이 새로운 일을 시작한다고 하셨을 때 마냥 좋을 것만 같았습니다. 일터가 제주도라니 엄청나게 근사하잖아요! 하지만 아무래도 일은 일인가 봅니다. 오죽하면 작가 알랭 드 보통이 『일의 기쁨과 슬픔』이라는 책을 썼을까요.

그래도 예전엔 온통 노는 것'만' 좋더니 이제는 열심히 일한 후의 상쾌함도 좋습니다. 일을 할 때면 '차라리 혀 깨물고 죽는 편이 낫겠다' 싶을 만큼 힘이 들다가도 이내 성취감을 느끼고 꿀맛 같은 휴식을 기다리는 것이 좋습니다. 이런 걸 보면 좋아하는 것과 싫어하는 것이 서로 그리 멀리 있지 않은 것 같습니다. 오힘 님이 제주도에서 여행자 모드로 전환되듯이요! 모두 연결, 커넥트!

제 주위엔 좋아하는 것이 일로 연결된 사람들이 꽤 있습니다. 한 친구는 바다에서 쓰레기를 줍는 환경단체에서 동에 번쩍, 서에 번쩍 하며 다니다가 퇴직금을 스쿠버다이빙에 모두 쏟아붓더니 그 단체에서 만난 분의 눈에 쏙 들어 해양쓰레기를 재활용하는 회사에 들어갔고요. 친한 동료는 글쓰기를 잘해 이리저리 글을 쓰다 보니 방송 제작사에서 기획을 하며 원 없이 글을 쓰고 살고 있습니다. 제 오랜 친구 놈은 인생이 덧없다~ 덧없다~ 하며 히피들과 후회 없이 어울려 다니다가 급기야 로스앤젤레스에서 스님이 되어 에인절Angel처럼 살아가고 있고요. 저는 학창시절부터 바닥이며 벽이며 교과서에 낙서를 하고 다니고, 요가가 좋다며 그렇게 노래를 부르고 다니다가 누가 시키지도 않은 연재를 시작하더니 디자이너도 되고, 어쩌다 작가도 되었습니다.

좋아하는 것에 의심 없이 몸을 맡기는 사람들. 딱히 누가 알아 주지도(심지어 누가 뭐라고 해도) 않고, 대가도 없지만 좋아하는 것을 열정적으로 좋아하는 사람들. 저는 이런 사람들이 주위에 있어 행복합니다. 참고로 오힘 님도 어느새부터인가 저의 멋진 친구들 중 한 사람이 되었답니다.

이렇게 우리가 하는 행동과 생각 그리고 경험 들은 하나하나 몸과 마음에 남아 어딘가에 쓰입니다. 어른들이 자주 그러시잖아요.

"다 써먹을 데가 있다!"

얼마 전 야근을 하고 심야 택시를 탔는데 기사님이 그러시더라고요. 걸레로 테이블을 닦더라도 나중에 어디선가 그 일을 써먹을 데가 있다고요. 크든 작든, 의미 없는 일은 정말 없는가 봅니다.

요가인들의 워너비이자 물구나무 자세 중 하나인 살람바시르사아사나2 Salamba Sirsasana2를 소개합니다. 여기서 살람바Salamba는 '지탱하다', 시르사 Sirsa는 '머리'라는 뜻입니다. 머리로 몸을 지탱한다는 것이 다소 어렵게 느껴질 수 있지만, 뜨거운 여름과 아주 잘 어울리는 요가 동작입니다.

⌒요가의 꽃, 물구나무 자세

1. 손가락을 개구리같이 쫙 펼쳐 손바닥을 매트에

댑니다.

2. 팔을 'ㄱ'자가 되게끔 굽힌 다음 바닥에 정수리를
   대봅니다.

3. 바닥에 딱 붙은 손바닥을 밀며 팔뚝과 복부, 어깨
   에 단단히 힘을 줍니다.

4. 엉덩이를 천장 쪽으로 쭈욱 올린 후 다리를 한쪽

씩 접어 무릎과 팔꿈치 뒤쪽이 만나게 올려놓습
니다.

5. 집중하여 발끝을 천장으로 천천히 올려봅니다.

이 요가 동작을 해보면 어릴 때는 쭉쭉 올라가던 다
리가 잘 들리지 않는다는 것을 우리 어른들은 단박에 깨
닫게 될 것입니다. 역시 나이를 먹으면 말랑하고 야들한
몸에서 이토록 무겁고 뻣뻣한 몸으로 변하는 걸까요?

중력을 거스르는 물구나무 자세인 살람바시르사아
사나2는 하체에 모여 있던 혈액을 상체 쪽으로 순환시키
는, 일명 '어려지는' 요가 동작 중 하나입니다. 그리고 혈
액이 머리 쪽으로 가게 되면서 집중력도 좋아진다고 합
니다.

사실 물구나무서기는 요가 수련을 어느 정도 해야
할 수 있는 동작입니다. 그렇지만 한 번 따라해보면 자연
스레 기억에 자리 잡아 다음번 도전의 부담을 덜 수 있을
거예요. 할 수 있는 만큼 최대한 버티다 내려오면 그것만
으로도 머리가 맑아지고, 척추도 굉장히 시원해지더라고
요. 주의할 점은 바닥으로 내려온 후에는 충분히 휴식을

취해줄 것. 평소에 안 하던 자세를 하느라 놀랐을 몸을 충분히 다독여주세요.

　　요즘 저는 저만의 루틴으로 하루 한 끼 샐러드 먹기를 하고 있는데, 마침 오힘 님의 살사소스가! 이름처럼 화끈하게, 먹고 싶은 만큼 먹을 수 있고 건강한 재료를 "양껏 자알~ 먹었다!" 하며 배를 기분좋게 퉁퉁 두드릴 수 있을 것만 같습니다. 적재적소 레시피 감사합니다! 역시 우리는 다른 곳에 있어도 모두 연결되어 있나 봅니다.

　　커넥트 & 나마스떼.

이름을 불러주기로 했다

오힘

너의 이름은….

글은 항상 첫 줄을 쓰는 게 가장 힘이 듭니다. 쓰고 지우고, 또 지우고 쓰기를 반복합니다. 떠오른 키워드는 좋은데 문장으로 이어지지 않을 때면 쓸데없이 냉장고 문을 열고 닫기를 몇 차례 반복하기도 합니다.

그래서 글을 쓰거나 그림을 그리는 동안 눈으로 보이는 것들을 어떤 식으로 간직해 나만의 모양으로 비춰내볼까 하는 고민을 늘 합니다. 이번에는 이 고민의 답에 대한 영감을 얻게 된 이야기를 해볼까 합니다.

저는 시골에 사는 친척이 없어서 늘 시골집에 대한 깊은 로망이 있습니다. 친구 부모님 중에 토마토 농사를 하시는 분들이 있어서 종종 시골 이야기를 듣는데요. 그곳에 대한 이야기를 들을 때면 늘 눈이 반짝이고 호기심이 가득해져 이것저것 질문들을 쏟아냅니다. 최근에 마침 친구가 여름에 출하시켜야 할 토마토 작업도 도와드릴 겸 온전하게 쉬기 위해 휴가차 부모님 댁에 간다는 말을 듣고, 저도 중간에 한발 담갔습니다.

친구네 동네로 진입해 주차가 쉽고 그늘진 곳에 주차를 하려고 룸미러와 백미러로 사방을 보는데, 거울로 보이는 동네 할머니의 눈빛이 진짜 무서웠어요. 나가야 하나 말아야 하나 망설이고 있을 때 마침 나타난 친구가 창을 두드리며 "왜 안 내려?"라고 하더군요. 저는 할머니를 가리켰고, 친구가 "할머니, 저 ○○! 내 친구 놀러 왔어요!"라고 하니까 그제야 할머니는 얼굴에 꽃이 화사하게 핀 듯 표정이 환해지셨습니다. 그러고는 "그려! ○○, 언제 왔냐?" 하시며 친구를 반갑게 맞이해주시고 저도

재료	레시피

재료

○ 오이 1개, 골뱅이 1캔, 양파 1/4개, 청양고추 1~2개, 초고추장

레시피

1 오이는 위에 토핑을 올려야 하기 때문에 두껍고 큰 오이가 좋다.

2 오이를 깨끗하게 씻어 필러로 껍질을 벗긴 후 3cm 두께로 썬다.

환하게 맞이해주셨습니다.

어릴 적부터 그 동네에서 나고 자란 친구의 인사법은 "안녕하세요!"가 아닌 "나 ○○"이었습니다. "왜 너를 못 알아보셔?"라고 물었더니, 코로나로 마스크를 쓰니 얼굴을 잘 알아볼 수가 없어서 이름을 외치며 인사를 하게 되었다고 하더라고요.

저는 친구네 집에 있는 동안 그 동네에서 '○○ 친구'로 편안하고 즐겁게 지낼 수 있었습니다. 오며 가며 만나 뵙는 어르신들께 "안녕하세요, ○○ 친구예요~" 하면 마치 원래 이 동네에서 오래 산 아이처럼 모두의 사랑을 듬뿍 받았습니다.

---

3 캔 골뱅이는 물기를 제거해 준비한다. 골뱅이 크기가 크다면 한 입 크기 정도로 잘라 준비한다.

4 깨끗하게 씻은 양파는 다져 준비한다.

5 깨끗하게 씻은 고추는 송송 썰어 준비한다.

6 썬 오이 위에 손질한 골뱅이, 양파, 고추를 올리고 초고추장을 살짝 뿌려 그릇에 담는다.

마스크 때문에 서로를 못 알아볼 때 자기 이름을 말하면 바로 눈치채고 환하게 웃어주는, 따뜻한 사람들이 주변에 있어 뜨겁고 간지럽게 마음이 살랑했던 날들이었습니다.

⌒ 오이 카나페

오늘의 요리는 오이 카나페입니다. 수분과 단백질 보충이 필요한 여름날, 간편한데 맛있고 살도 안 찌는 레시피입니다.

오이 위에 골뱅이 외에도 다양한 재료를 올려 먹어도 좋으니 우선 냉장고 문을 열어 재료들을 꺼내보세요. 간단한 술안주로도 부담 없어 좋고, 가볍게 저녁 식사로 먹기에도 아주 좋습니다.

사고에서 감각으로

양배쓰

　　　　　얼마 전 과중한 업무와 자질구레하게 처리할 일들로 사고가 꽉 차버린 날, 엄마에게 연락이 왔습니다.

　　"은혜야! 목욕탕 가게 얼른 와!"

　　가타부타 말도 없이 자기 할 말만 하고 끊어버리는 엄마입니다. 퇴근은 했지만 해결되지 않은 일 생각이 머릿속에서 떠나지 않아 괴로운데 마침 엄마 집 근처라 '에라 모르겠다!' 하고 엄마에게 갔습니다. 엄마는 "얼른 가자!" 하면서 우당탕 샴푸통이며 때 비누통을 챙겨 저의 혼을 쏙 빼놓았습니다. 그렇게 목욕탕에 도착해 종교의 식처럼 몸을 씻고 탕에 들어갔습니다. 뜨끈한 탕 안에서 엄마에게 속상했던 하루를 고하고, 다음 단계인 건식사우나실로 갔지요.

사우나실에는 두 분 정도의 어머님들이 먼저 앉아 계셨습니다. 사뭇 조용한 분위기였습니다. '원래 어머님들이 사우나실에서 이렇게 조용하기 쉽지 않은데…?'라고 생각하면서 엄마와 저는 분위기에 맞춰 잠자코 있었습니다.

한 방울, 두 방울…. 땀이 떨어지기 시작하면서 갑자기 쌓여 있던 생각이 텅 비어버렸다는 것을 알게 되었지요. 그때부터는 살을 타고 들어오는 뜨거운 기운에 집중하면서 사우나를 충실하게 즐겼습니다.

사고

1. 생각하고 궁리함.
2. 심상이나 지식을 사용하는 마음의 작용. 이에 의하여 문제를 해결한다. 직관적 사고, 분석적 사고, 집중적 사고, 확산

적 사고 따위가 있다.

3. 개념, 구성, 판단, 추리 따위를 행하는 인간의 이성작용.

감각

1. 눈, 코, 귀, 혀, 살갗을 통하여 바깥의 어떤 자극을 알아차림.

2. 사물에서 받는 인상이나 느낌.

>> 출처: 국립국어원 표준국어대사전

이것은 감각에 집중할 때만 느낄 수 있는 즐거움! 직접 경험해야 알 수 있는 깨달음이었어요. 사고에서 감각으로 들어가는 길목에 큰 위안을 받고는 엄마와도 도란도란, 머리에서 거르지 않은 마음의 이야기를 시작했습니다. 그랬더니 엄마의 남모를 고민이 들리기 시작했어요. 사는 일에 바빠 보지 않고, 듣지 않고, 주변을 살피지 않았던 시간이 너무 아까워 구슬퍼졌습니다. 그래도 너무나도 개운한 경험에 하루의 피로는 제로.

이처럼 하기 전엔, 보고 듣기 전엔 모르는 것들이 있습니다. 이런 것들은 대부분 '조금 일찍 알았더라면' 하는 생각이 들게 만듭니다.

세계자연기금WWF에서 환경 관련 인식을 파악하기 위해 지난 5년간의 유튜브 댓글을 분석한 '빅데이터 분석을 통한 한국 사회의 환경 인식 조사' 보고서에서 인상 깊은 부분이 있었습니다. 코로나 이전인 2018년에는 사람들이 환경문제를 일상적으로 뉴스에서 보는 단어들의 파편화된 이슈로 인식하고 있었으나, 코로나를 겪고 나서는 '멸종' '지구' '인간' 등 환경에 대한 근본적인 주제를 더 깊이 인식하는 경우가 많아졌다고 합니다. 이것은 여러 환경문제가 이어져 있다는 사실을 국민들이 깨닫게 된 것이자, 진짜로 환경문제를 해결하려는 의지로 사람들의 생각이 옮겨가고 있다는 것이라고 볼 수 있다고 합니다. 이런 현상을 세계자연기금에서는 '에코웨이크닝 Eco-wakening'현상이라고 말합니다. 더 이상 환경문제에 관해 지체할 시간이 없다는 위기감이 개인은 물론 정부, 기업 모두의 숙제가 되었다는 것입니다.

어쩌면 우리는 '아암~ 환경문제가 많지~. 하지만 뭐 어쩌겠어?'라고 뒷짐 지고 있다가, 갑자기 밀려온 감염병, 홍수, 가뭄, 화재, 해양쓰레기와 같은 어마어마한 재해를 겪고 나서 본능적인 감각으로 지구의 위험을 알아

사고에서 감각으로

차린 것이 아닐까요?

　우리 몸도 그렇다고 해요. 몸에 가장 좋지 않은 자세는 한 자세로 오래 있는 것이라고 합니다. 한 자세로 오래 있으면 몸이 굳고 뻣뻣해져 유연함이 사라지게 되지요. 사람은 참 재밌는 것이, 몸이 뻣뻣해지면 생각도 뻣뻣하게 굳어버리는 것 같아요. 몸과 마음, 생각이 다 이어져 있어 뭐 하나 허투루 내버려둘 수가 없다니까요. 그런 의미로 오늘은 굳은 골반을 비틀기로 풀어주는 동작을 소개합니다.

비틀린 화환 자세

　이 자세는 말라아사나Malasana의 변형 자세인데, 여기서 말라Mala란 '화환' '목걸이'를 뜻합니다.

1. 양발을 골반 넓이만큼 벌립니다.
2. 다리를 바깥쪽으로 넓게 벌려 앉아, 발을 45도 각도로 넓힙니다.
3. 가슴 앞에서 합장을 한 뒤, 팔꿈치 바깥쪽과 굽혀진 무릎의 안쪽을 저항하듯이 서로 밀어봅니다.

4. 몸이 자세에 적응할 수 있도록 호흡을 몇 차례 해
   줍니다.

5. 한쪽 손바닥을 발의 바깥쪽에 놓아 지지하고 팔
   뚝의 바깥면은 무릎의 안쪽과 저항하듯 서로 밀
   어줍니다.

6. 반대쪽 팔은 뒤쪽으로 쭉— 뻗어 가슴과 척추를
   기분 좋게 열어줍니다. 이때 고개는 팔이 가리키

는 방향으로 돌립니다. 양쪽으로 반복해봅니다.

비틀기 자세는 왠지 감정이 주체가 안 되는 순간, 나는 빨래다!라고 생각하며 호흡을 통해 조금씩 더 깊은 비틀기로 들어갔다 나오면 좋습니다. 개인적으로 비틀기 후에는 스트레스가 머리에서 유령이 빠져나오듯 삭~ 소멸되는 느낌을 받습니다. 처음엔 무작정 숨을 참게 되었다가도, '힘든 가운데에도 모든 건 지나가기 마련이구나. 숨을 좀 쉬어보자. 고요함 속에서 이 시간과 한번 잘 지내보자. 인내해보자'라고 생각하다 보면 시간이 금방 지나가 있습니다. 딱딱히 굳은 몸과 마음을 간단하게 풀 수 있는 굉장히 좋은 자세입니다!

골반도 열고 가슴도 화알짝 여는 자세로 닫혀 있고 화가 나고 긴장된 마음을 풀어보세요. 몸이 가는 방향으로 마음도 따라 화알짝 열릴 것이에요.

사실, 요가는 시간이 걸리는 것이 아니라 시간을 준다.
– 강가 화이트 (미국 요가의 건축가이자 요가의 선구자)

나마스떼.

추신: 오이 카나페 레시피 후기

여름이라 몸매가 드러나는 옷들로 부담스러운 음식
을 꺼리는 시기에 마침 반가운 레시피였습니다. 시원
함도 부르고, 술도 부르네요!

발견하는 마음

오힘

시간이 갈수록 새로운 것을 배우고 발견하는 일이 재미있습니다.

20대 초중반, 홍대 근처에서 놀고 집으로 가는 길에 하나쯤은 꼭 있던 작은 포장마차 속 철학관. 그곳에서 친구들과 재미로 종종 점을 본 기억이 있습니다. 그때는 미래의 제 모습이 너무나 궁금했습니다. 그리고 미래의 나이에 도착한 지금은 그때 그 철학관 선생님이 말씀해주신 모습과 매우 다른 삶을 살고 있네요.

철학관 선생님이 해준 말 중 지금도 기억에 남는 말이 있습니다. 당시 저는 공부에는 큰 뜻이 없었는데, "늦게서야 공부 복이 터지겠네"라는 말을 들었습니다. 그 말이 간헐적으로 한 번씩 생각납니다.

그래서일까요? 나이가 들수록 도전을 하는 때가 늘어나고 배움에 대한 호기심이 점점 커집니다. 종종 생각나는 그 말이 제 안으로 들어와 씨앗이 되어 조금씩 커진 건 아닐지 하는 생각을 해봅니다.

새삼 말과 글은 대단한 힘을 지닌 것 같다는 생각이 듭니다. 좋은 말과 글은 생각을 전환하도록 돕습니다. 그래서 좋은 말과 글을 나누는 일은 대단히 중요합니다. 저와 양배쓰 님은 늘 요가와 요리에 대한 열정과 생각을 글과 그림으로 표현하며 나누고 있잖아요. 이 일이 저는 매우 뿌듯하고 좋습니다. 글의 시작에 기쁨을 두었으니, 이후로도 양배쓰 님이 기분 좋게 제 글을 읽어 내려가시면 좋겠습니다.

호기심 덕분에 세상을 보는 시야가 점점 넓어지고 있습니다. 특히 저는 음식이나 식재료 등에 관심이 많습니다. 그러다 보니 동네 어르신, 친구 부모님 등의 집에 가서 밥을 먹게 되면 그 집의 밥과 반찬에 대한 궁금증이나 호기심이 가득해져 늘 먹으면서 비법을 물어봅니다. 듣다 보면 각 집마다 반찬이나 레시피의 '킥'이 있는 것 같더라고요.

얼마 전에는 저를 예뻐해주시는 동네 어르신 집에 초대를 받아 함께 밥을 먹었는데, 된장이랑 젓갈이 너무 맛있는 거예요. 그날, 저는 진정한 밥도둑과 마주했습니다. 밥맛의 브레이크가 없던 날이었습니다.

어르신들과 친해지는 방법은 밥을 잘 먹는 거더군요. 너무 맛있어서 밥을 더 달라 했더니 밥 차릴 맛이 난다고 좋아하시면서 부모님처럼 제 엉덩이를 톡톡 때려주시는데, 웃겨서 혼났습니다.

식사가 끝난 식탁에서 저와 어르신의 대화는 깊어져 갔습니다. 저의 들기름 사랑과 음식을 만들고 먹는 것에 대한 기쁨을 함께 나누다 보니 시간 가는 줄 모르고 대화가 이어졌습니다. 그러다 어르신께서 내어주셨던 제주식 된장을 만드는 법, 자리돔 젓갈 담그는 방법에 대해 살포시 물어봤습니다. 그것 말고도 이것저것 물어보다가 결국 이번 추석에 저희는 함께 누룩을 만들기로 했습니다. 생각만 해도 너무 신이 납니다. 음식으로 인류애를 배운 기분입니다.

다음에 갈 때는 어르신이 좋아하시는 맛있는 원두를 좀 사가야겠습니다.

오늘은 엄마의 열무 물김치 레시피를 드디어 전수받게 되었습니다. 아침에 엄마랑 시장에 가서 열무와 홍고추 그리고 갖은 재료를 사고, 집으로 가는 길에 맥도날드에 들러 저는 따뜻한 드립커피를, 엄마는 시원한 카페라테를 시켜 맥모닝과 함께 먹었습니다. 특별한 대화는 없었지만, 엄마랑 처음 해보는 맥모닝 데이트에 기분이 새롭고 좋았습니다.

집으로 와 조용히 열무를 다듬는 등 이것저것 사부작사부작 일을 하는데, 호랑이 장가가는 날이었는지 햇살 안에서 소나기가 시원하게 내려 조용하던 집안이 빗소리로 채워져 음악을 튼 것만 같았습니다. 별것 아닌 일에 기분이 또 좋아졌습니다.

기분은 내가 만들어가는 것이라고 생각합니다. 생각

해보면 저는 대단한 일에서 행복을 찾기보다 소소한 일에서 대단한 순간을 발견하는 편인 것 같습니다. 그런 순간들이 모여서, 제가 호기심 덕분에 세상을 보는 시야가 넓어지고 있듯이 세상을 보다 아름답게 볼 수 있는 시야가 트이게 되는 것이 아닐까요.

⌒키토식 스낵랩

다음 글에 엄마표 열무 물김치 레시피를 공유해보겠습니다. 이번에는 맛있게 먹은 레시피를 공유하며 서로의 호기심을 채워주는 제 친구가 알려준 키토식 스낵랩 레시피를 소개합니다.

우리는 여름에 누구보다 다이어트에 신경 쓰는 사람이 되지 않습니까. 이 키토식 스낵랩은 밀가루 대신 달걀을 이용한 요리로, 맛도 있고 가볍게 즐기기 좋습니다.

레시피는 친구가 전자레인지 기준으로 알려준 것이지만, 전자레인지가 없어도 만들 수 있습니다. 전자레인지가 있다면 유산지(종이 호일) 위에 달걀 2개를 풀고 2분 20초 돌려줍니다. 전자레인지가 없을 경우는 프라이팬에 유산지를 깔고 달걀 2개를 풀고 뚜껑을 닫은 후 5분 동

재료

- 달걀 2개, 상추 또는 깻잎 2장, 양배추
  1/4개, 오이 1/2개, 당근 1/3개, 토마토
  1/2개, 참치 1/2캔, 양파 1/2개

- 소스 재료: 마요네즈 2큰술, 홀그레인
  1큰술, 허니머스타드 1작은술, 스리라
  차 소스 조금

- 종이 호일

레시피

1 먼저 채소를 깨끗하게 씻어준다. 양배
   추와 오이, 당근, 양파는 채를 썰어준
   다. 토마토는 얇게 썰어준다.

2 참치는 기름을 제거해 준비한다.

3 채 썬 채소를 볼에 담아 마요네즈와
   홀그레인을 넣고 버무려 준비한다. 달
   걀을 풀어 준비한다.

안 익혀줍니다.

오늘도 부담 없는 요리를 부담 없이 즐기고, 부담 없이 행복하세요.

---

4 전자레인지로 조리할 경우, 팬에 종이 호일을 깔고 풀은 달걀을 부은 후 2분 20초 돌린다. 프라이팬으로 조리할 경우, 종이 호일을 깔고 달걀을 부은 후 약한 불에서 뚜껑을 닫고 5분 정도 익혀주듯이 조리한다.

5 익은 달걀 지단 위에 허니머스타드를 얇게 발라준다.

6 상추 또는 깻잎을 깔고, 마요네즈와 홀그레인에 버무린 채소를 올리고, 토마토와 참치를 올린 후 스리라차 소스를 뿌린 다음 돌돌 말아준다.

7 종이 호일이 포장지 역할까지 해줘서 피크닉 음식으로 아주 좋다.

네버 스톱 몸부림

양배쓰

요즘 날씨는 비가 쏴— 내리거나, 뻘뻘 내리거나, 슬금슬금 비가 다가온 뒤에 끈덕끈덕한 날의 연속입니다. 서울은 참 후덥지근합니다. 오늘은 하늘이 뜨거운 열기로 드릉드릉 시동을 걸더니 한순간 스콜이 왔습니다. 우다다 쾅쾅, 드르르르, 와다다다다, 챠챠챠챠, 사사— 수수—. 점심시간 한 시간 동안 여러 자아의 비를 만났지 뭐예요.

그런데 신기한 건 사람들이 각자의 자리에서 바쁘

게 무언가를 쏟아내다가도 우르르릉~ 하는 소리가 들리면 이내 잠잠해진다는 것. 꼬마들이 엄마한테 대차게 한소리 들었을 때처럼 아주 잠깐 정적이 찾아옵니다. 긴장의 끈을 놓지 못하는 관계에서는 나의 진짜 표정을 들키게 될 것 같은, 대략 난감한 상황이죠. 저는 이런 순간을 참 좋아합니다. 그 순간에만 아이 같아지는 어른들의 표정이 그렇게 귀여울 수가 없습니다.

이제 우리나라도 열대지방과 비슷한 기후를 갖게 되었습니다. 대륙의 뜨거운 기류가 무서운 속도로 이동하는 것처럼 바다에서도 많은 쓰레기가 무서운 속도로 운반되고 있다고 합니다. 비가 오면 가라앉아 있던 쓰레기가 바다 위로 둥둥 떠오르기도 합니다.

인간들이 만들어낸 이 거대한 쓰레기들을 수거하기 위한 움직임이 있습니다. 바로 해양 플라스틱을 제거하는 네덜란드 비영리단체 '오션 클린업The Ocean Clean up'인데요. 이 단체는 네덜란드의 한 청년이 스쿠버다이빙을 즐기다 해양에 떠다니는 쓰레기가 너무 많다는 것을 발견하고, 해류를 이용해 바다의 쓰레기를 치워보자는 아이디어를 떠올린 데서 시작됐습니다. 이 멋진 아이디어로 투자를 받은 그는 여러 시행착오 끝에 지금은 세 번째 프로젝트로 강에서 바다로 흘러가는 쓰레기를 막는 무인 배를 인도네시아와 말레이시아에 배치해 쓰레기를 수거하는 활동을 하고 있다고 합니다. 최근 이들은 우리나라 기업 기아와 파트너십을 체결하기도 하였습니다.* 기아와 오션 클린업은 수거된 플라스틱을 가지고 새로운 물건을 생산하거나 재활용하는 '자원 순환 체계Resource Circulation'를 구축함으로써 지속 가능한 플라스틱 사용을 위한 행보에 나설 계획이라고 합니다.

　제 친구는 바다의 쓰레기를 줍는 환경단체에서 활동을 하고 있는데요. 마침 이 친구가 단체를 통해 알게 되어 들어간 회사가 강의 쓰레기를 더 이상 바다로 가지 못하게 하는 시스템을 구축하는 연구소입니다. 이곳에서는 바다에 버려진 그물을 수거하고, 그것을 깨끗이 씻은 다음 갈아 시멘트와 섞어 건축재료로 재사용하는 사업도 진행 중이라고 합니다.

　이것은 빙산의 일각이겠지요. 환경에 진심이기 때문에 생겨날 수 있는 실현 가능한 멋진 움직임들! 산처럼

부록 스물 다섯

*　현대자동차그룹 뉴스룸, 「기아, '오션 클린업(The Ocean Clean up)'과 글로벌 파트너십 공식 체결」, 현대자동차그룹, 2022.06.13.

쌓여가는 쓰레기 더미를 타파! 무척 기대가 되는 산업입니다.

사실 이 거대하고도 위대한 자연을 점보다도 작은 존재인 인간이 어떻게 변화시킬 수 있겠느냐마는, 그렇다고 그저 바라보고만 있을 수는 없으니까요. 개인이 작게나마 실천하는 환경친화적 습관과 환경을 생각하는 기관에게 보내는 관심과 지지가 입소문으로 퍼져 우리 삶에 질 좋은 영양분으로 남게 될 것이라는 희망을 가져봅니다.

기후변화에 직면한 지금, 작지만 크나큰 인간의 네버 스톱 몸부림은 요가와도 닮아 있습니다.

보트 자세

나바아사나Navasana라고 하는 보트 자세는 강에 떠 있는 보트가 연상되는 자세입니다. 내가 강물 위에 균형을 잘 잡고 둥둥 떠 있는 보트가 되었다고 생각하고 따라 해보세요.

1. 다리를 펴고 허리를 세워 'ㄴ'자로 앉습니다.
2. 편 다리와 복부에 힘을 실어 다리를 굽힌 후 허리

를 편 상태로 다리를 들어 올립니다.

3. 내려져 있는 팔을 펴서 굽힌 다리 높이까지 올려
   유지합니다.

다리를 굽히는 자세로 설명했지만, 위 그림처럼 다
리를 펴보시는 것도 좋습니다. 허리가 펴진 상태에서 다
리를 펼 수 있다면 베스트! 쉽지는 않지만 그래도 한번
펴보세요. 몸부림을 쳐보자고요.

보트 자세는 허벅지의 앞부분과 복부가 정말 찢어질 듯 힘이 들어갑니다. 후~, 정말 괴로운 자세 중 하나인 것은 사실입니다.

이처럼 요가는 용기가 좀 필요한 운동입니다. 용기를 내서 도전하면 완벽한 동작에 가까워지기까지의 시간이 많이 단축되는 것 같달까요? 용기를 내면, 용기가 더 생깁니다!

요가를 하다 보면 방법을 몰라 잘 안 되는 경우, 혹은 방법은 알지만 몸이 말을 안 듣는 경우 이 두 가지가 팽팽하게 대립합니다. 전자는 선생님의 지도로 서서히 개선할 수 있습니다. 하지만 후자는 정말 오랜 시간을 들여도 안 되는 경우가 많습니다. 저 같은 경우는 보트 자세가 이 후자에 해당하는 자세였답니다. 몇 년간 다리를 펴기는커녕 자세를 유지하는 것 자체가 괴로웠습니다. 그런데, 정말 신기하게도 3년 정도 수련을 했을 때 즈음 '그냥 한번 해볼까?' 하고 도전하자 갑자기 다리가 펴지기 시작하더니, 지금은 유지가 가능한 상태가 되었습니다.

이처럼 가끔은 불가능할 것 같은 일들이 가능해지기

시작하는 때가 오는 것 같아요. 시간이 오래 걸릴 뿐, 몸은 배신하지 않고 언젠가는 보상을 해주더라고요.

모두가 (아무에게도 해를 끼치지 않는 선에서) 열심히 무언가를 해나가며 살아가는 건 요가 수련과도 많이 닮아 있다고 생각해요. 나만 아는 소소한 성공이 조금씩 나에 대한 믿음으로 변화하는 기적이 일어납니다. 기후 위기 속에서도 지속 가능한 발전을 반복하고 순환시키는 것. 그것이 우리 몸과 자연을 위한 몸부림이 아닐까요?

오늘도 나마스떼!

추신: 키토식 스낵랩 레시피 후기

키토식 스낵랩, 정말 궁금했던 레시피였습니다. 주변 요가인들이 종종 언급하던 요리인데, 종이 호일을 사용해서 계란을 살살 익히는 것이었군요! 종이 호일을 그대로 사용해서 포장하는 것도 정말 멋집니다! 다만 저 같은 귀차니스트들에게는 채 써는 칼이 꼬옥 필요할 것 같습니다. 이 레시피, 누군가에게 대접하고 싶은 마음이 듭니다.

오래오래
아프지 말고 행복하기

_____ 오힘

마지막 글을 양배쓰 님께 보내려고
하니 정리되지 않은 이야기들이 많아 어떻게 담아내면
좋을까 하다 전보다 애정을 두 스푼 더 담아봅니다.

많은 이야기 중 가장 최근 소식 하나를 먼저 이야기
하려고 합니다. 어제 중부 지역에 80년 만에 폭우가 쏟아
지고 있다는 뉴스를 보는 내내 입이 다물어지지 않더라
고요. 서울 한복판에서 이런 일이 일어나는 것이 너무 안
타까웠습니다. 삽시간에 내린 많은 비로 인해 수많은 인

명 피해가 생겼던데, 양배쓰 님이 계신 곳은 피해 없으셨
길 바라는 마음을 글에 담아 보냅니다.

　　요즘 또다시 주변에 코로나 확진자가 늘어나고 있습
니다. 양배쓰 님은 괜찮으신가요? 저는 가까이에 사는 친
구가 코로나에 걸려 이것저것 먹을 것을 준비해 현관문
앞으로 병문안을 다녀왔습니다. 이번 코로나 증상은 인
후염처럼 목이 아프다고 합니다. 친구도 목이 너무 아프
다면서 시원한 것만 찾게 된다고 하소연을 해서, 안타까
운 마음에 시원한 열무 물김치 한 그릇을 가져다주었습
니다. 잦아들 듯하면서 잦아들지 않는 변이 바이러스 때
문에 긴장을 늦출 수가 없습니다.
　　코로나에 폭염과 폭우까지. 너무 지칩니다. 지구는
오래전부터 우리보다 더 지쳐 있었겠지요. 저는 이번 기
록적인 폭우 뉴스를 보면서 무서웠습니다. 지진, 화산 폭
발, 폭염, 폭우, 폭설, 호우, 해일, 가뭄 같은 자연재해는
인간의 힘으로 해결할 수 있는 부분이 아니기에 굉장한
공포감으로 다가옵니다.
　　이런 것을 보면 정말이지 지구는 우리 것이 아니구

나, 라는 생각이 듭니다. 그리고 지구에 잠시 여행을 온 것처럼 머물다 간다는 마음으로 지구를 깨끗하고 소중하게 이용해야겠다는 생각을 하게 됩니다.

지구는 어떻게 변해가고 있는 걸까요? 그리고 지구를 위해 우리가 할 수 있는 일은 무엇일까요?

양배쓰 님이 지난 글에 기후변화에 대해 말씀해주셔서 저도 찾아보게 됐습니다. 기후변화의 4대 핵심지표로는 온실가스, 해수면 상승, 해수 온도, 해양 산성화가 있는데요. 세계기상기구WMO에서 발표한 '2022년 글로벌 기후 현황 보고서'에 따르면 아시아에서 지난해 약 81건의 기상, 기후 및 물 관련 재해가 기록되었으며, 대부분이 홍수와 폭풍이었다고 합니다. 파키스탄에서는 기록적인 비로 인한 홍수 그리고 히말라야 빙하가 녹으면서 발생한 홍수가 1500명 이상의 사망자를 냈고, 전국 곳곳이 물에 잠겼습니다. 히말라야 산맥은 북극과 남극 다음으로 빙하가 많아 산맥의 골짜기에 얼어 있는 얼음이 녹거나 얼면서 주변 지역 강들에 물을 공급하는데, 이번에는 얼음이 너무 녹아 홍수 사태가 난 것입니다.

반면 중국은 가뭄을 겪었고 이는 전력 공급과 사람들이 물을 이용하는 데 영향을 미쳤습니다. 이때 중국은 2022년 아시아 평균 기온 기록상 두 번째 또는 세 번째로 따뜻했으며, 1991~2020년 평균 기온보다 약 0.72도 높은 기온을 기록했다고 합니다. 페테리 탈라스 세계기상기구 사무총장은 "유난히 따뜻하고 건조한 날씨 때문에 아시아 고원 지역 빙하의 상당한 양이 사라졌다"면서 "이는 미래의 식량 및 물 안보와 생태계에 중요한 영향을 미칠 것"이라고 말했습니다.

제주에서 해녀 분들이 말씀하시길 바닷속에 먹을 게 없고, 씨를 뿌려도 다 죽는다고 하셨는데, 그것이 다 이런 이유 때문이었나라는 생각을 하게 되었습니다. 이러한 글과 경험을 통해 인간의 적극적인 기후 위기 대응 방안이 필요하다는 것을 다시금 느꼈습니다. 언론에서 현재의 상황을 적극적으로 알릴 수 있는 캠페인을 많이 보도해, 우리가 환경을 왜 지키고 소중하게 다뤄야 하는지 알려주면 좋겠습니다.

저는 작은 실천이 큰 변화를 가져다줄 것이라 생각

합니다. 지구를 위해 삶의 패턴을 갑자기 바꾸기는 어렵겠지만, 사소한 것부터 하나씩 하다 보면 점차 지구를 위한 나의 행동들이 늘어날 거라 생각합니다. 그런 거 있잖아요. 딱! 싱크대 쪽만 치우려고 했는데 옆 가스레인지도 더러워 치우고, 그러다가 냉장고 청소도 하고, 결국 대청소를 하게 되는 경우요. 하나씩 하다 보면 뿌듯하고 성취감도 생기는 그 감정이 참 좋잖아요.

오늘 한 일 중 뿌듯한 일이 하나 있습니다. 친구가 비닐에 복숭아를 담아서 나눠줬습니다. 맛있고 향기로운 복숭아를 다 먹고 남은 비닐을 깨끗하게 헹궈서 볕 잘 드는 곳에 뒤집어 잘 말렸더니 아주 뽀송한 새 비닐이 되었습니다. 이렇게 말린 비닐은 다음에 쓰기 위해 잘 접어두었습니다.

지구도, 우리 모두도 오래오래 아프지 말고 행복했으면 좋겠습니다.

얼마 전에 병원에 다녀왔습니다. 예약 시간보다 한 시간 일찍 도착해서 대기하고 있었는데, 불편한 소파에 한 시간이나 앉아 있기가 너무 힘들었습니다. 그렇다고

재료

- 열무 1단, 열무 절일 물 4L, 소금 400ml, 홍고추 10개, 청양고추 8개, 양파 1개, 쪽파 한 줌

- 풀죽 재료: 물 2L, 밀가루 200ml

- 국물 재료: 무 1/3, 배 1개, 사과 1개

- 국물 간 재료: 물 5L, 풀죽 7컵, 천일염 5티스푼, 까나리 액젓 300ml, 소주 50ml, 매실액 100ml, 뉴슈가 2티스푼, 다진 마늘 3큰술, 다진 생강 1티스푼

레시피

1 열무를 깨끗하게 씻어 새끼손가락 크기만큼 잘라 준비한다.

2 소금을 뿌리지 않고, 소금물로 간을 한다. 열무에 상처가 덜 나는 비법이다.

3 물 4L, 천일염 400ml를 대야에 담고 소금을 녹인 후 손질한 열무를 담고 30~40분 절인다. 중간에 한 번씩 뒤집어준다.

4 풀죽을 만들 때 물의 반절은 넓은 팬에 끓이고, 남은 물에는 밀가루를 넣고 풀어준 후 물이 끓기 시작하면 거품기를 이용해 보글보글 끓을 때까지 바닥

작은 병원에서 이리저리 움직일 수도 없었고요. 그래서 양배쓰 님이 알려주신 여러 요가 동작 중 상체만 할 수 있는 동작을 대기실 구석에서 해보았습니다. 깍지를 끼고, 하늘을 향해 팔을 쭉 뻗으며 괄약근에 힘을 주고 목과 척추를 풀어주는 동작이었는데, 상쾌하고 따라하기도 쉬운 동작이었습니다.

제 차례가 다가와서 이름이 호명될 때 시원한 목소리로 "네!"를 외쳤더니 간호사 선생님께서 마스크 위로 보이는 눈으로 웃으시면서 "왜 이렇게 씩씩하세요!" 하시더군요.

에 눌어붙지 않게 저어가며 끓여준다. 다른 그릇에 옮겨 담아 식혀준다.

5 강판에 무, 배, 사과를 갈아준다. 뜰채에 걸러 즙만 짜준다. 건더기에 물을 300㎖ 정도 부어 한 번 더 짠다.

6 소금 간을 마친 열무는 쓴맛이 사라지도록 한 번 헹궈 물기가 빠지게 채반에 올려둔다.

7 청양고추는 잘게 썰고, 양파는 채 썰고, 쪽파도 새끼손가락 길이로 잘라준비한다. 홍고추는 커터기를 이용해잘라 준비한다.

8 큰 대야에 국물과 간한 재료, 과일즙, 절인 열무, 채소를 모두 넣는다.

9 부족한 간은 맛을 보면서 맞추면 된다.

10 상온에서 하루 정도 두고 익힌 후, 김치냉장고에서 3일 숙성시킨 다음 먹으면 된다.

⌒ 열무 물김치

오늘은 기분을 상쾌하게 만들어 주는 요가 동작만큼 상큼한, 엄마에게 전수받은 열무 물김치 레시피를 공유합니다. 손이 조금 많이 가지만, 그만큼 맛있습니다. 양도 많아서 두고두고 먹을 수 있습니다. 아닙니다. 너무 맛있어서 며칠 못 갈지도요.

열무는 사온 날 바로 김치로 담가야 합니다. 안 그러면 무의 아삭함도 사라지고 잎도 노랗게 변해버립니다.

열무 물김치에는 찬밥을 말아 먹어도 맛있고, 소면을 말아 먹어도 맛있습니다. 땀 많이 나는 무더운 여름, 열무 물김치와 함께 시원하고 짭쪼롬하게 보내시길 바랍니다.

우연히 찾아낸
카페 같은 사이

2023년 현재 / 양배쓰

　　　　스콜.

　이 단어가 요즘 날씨와 시대를 잘 말해주는 것 같습니다. 누구에게나 무한한 가능성이 열려 있는 환경, 무한히 열려 있는 플랫폼이 '무엇이든 될 것 같은' 기분으로 몰려옵니다. 좋아하는 모든 것을 쾌적하게 누릴 수 있어요. 단맛과 짠맛이 마구마구 퍼지는 솔티캐러멜 같은 짜릿함! 그러다가도 한편으로는 '과연 이 많은 것이 나에게 정말 꼭 필요한 것인가?' 생각하다가 텅 빈 느낌이 들어

핸드폰 전원을 꾹 눌러 잠수를 타기도 합니다.

　쭉— 스콜 같은 시간을 보내고 있다가 친구와 함께 한 달 동안 하루에 한 번 SNS에 인증하는 요가 챌린지를 했습니다. "이것쯤이야!" 하고 시작을 했는데 웬걸요. 집에서 브래지어를 안 하고 영상을 찍었다가 가슴이 훤히 다 보이기도 하고, 술에 취해 요가를 하다가 토를 할 뻔하기도 하는 등 평소엔 생각지도 못한 사건들이 팡팡 터졌습니다. 그래도 혼자 하는 일이 아니기에 어떻게든 약속을 지키려고 했지요. 그러곤 생각했어요.

　아~, 어떻게든 되는구나. 들쑥날쑥한 스콜 같은 상황과 기분일지라도 포기하지 않는 한 무엇이든 어떻게든 되는구나. 일단 계속하는 행위 자체가 대단한 것이다. 그렇게 생각하니 신물 나는 지옥철의 직장인들도 참 대단하다는 생각이 들었어요. 다들 힘들어도 멈추지 않고 살아나가고 있구나!

　『요요일기』도 누가 시키지 않은 일이잖아요. 오힘님과 제가 재밌자고 시작한 일인데 생각지도 못하게 책으로 만들어졌네요. 그 과정도 스콜처럼 예측불허! 모든 일이 호락호락하지만은 않았지만, 저희는 멈추지 않고 해냈습니다.

저의 요가 여정은 저희가 일기를 처음 주고받던 3년 전과 크게 달라지지 않았습니다. 작은 변화라고 하면 셀프 요가 수련이 가능해졌다는 점! 또 몸에 적절하게 힘을 주거나 빼는 것이 줄곧 어려웠는데, 이제 조금은 자연스러워졌습니다. 지금도 여전히 요가를 (호들갑스럽게) 좋아하고, 누구에게나 자랑스레 요가를 권하고, 요가를 해방구 삼아 마음껏 즐기며 살고 있습니다.

그리고 회사에서 업무에 지쳐 있다 문득 오힘 님의 글에서 된장국 레시피를 보고 '오늘부터 점심은 밥을 먹는다!'라고 다짐했습니다. 이것이 한 달 전 일인데, 지금까지도 '점심은 밥 먹기'를 잘 실천하고 있습니다.

오힘 님과 함께 걷던 추운 겨울의 연남동 거리, 제주의 푸른 바다, 전주의 나무 냄새 가득한 한옥집이 기억 속에 가득합니다. 오힘 님은 어떻게 지내셨는지요?

그간 우리의 교환 일기를 보아온 동료가 이런 말을

했습니다. "디자이너님 글은 지나가다 우연히 찾아낸 카페 같아요"라고요. 이 말이 굉장히 감사하고 마음에 들었습니다. 어쩌다 마주친 골목에서 고소한 냄새에 이끌려 들어가 갓 구운 빵을 맛본 때처럼, 분위기에 이끌려 무심코 카페에 들어갔는데 산뜻했던 기분처럼 저희의 글이 친근하고 부담 없는 글이 되었으면 합니다.

요리와 요가, 우리가 너무나도 좋아하는 것.
서로가 행복해하는 것을 바라보며 미소 지을 수 있다는 것은 정말 행운입니다. 우리의 남은 여정도 비 온 뒤, 눈부시도록 하이얀 구름 같을 거라 단언하며,
사랑을 듬뿍 담아 나마스떼!

넘어져도 일어나는 힘

2023년 현재 / 오힘

　　연일 무더운 더위가 이어지고 있습니다. 8월 중순의 더위가 이렇게 무서운 줄 몰랐습니다. 내일모레가 처서인데, 한 치도 물러설 생각이 없는 여름을 미워하고 있는 요즘입니다.

　　오랜만에 양배쓰 님과 일기를 나누려 하니 조금 쑥스럽네요. 머릿속에 할 이야기가 많은데 키보드가 속도를 따라오지 못해 어떤 순서로 말을 해야 하는 건지 등 여러 가지 생각을 하는 동안 더위를 잊었습니다. 더위도

잊을 만큼 반가운 일기장입니다.

　저는 주어진 일도 재미있게 즐기면서 하고, 슬픈 일도 끝까지 슬퍼하며 어제와는 조금 더 다르게 살아보려고 생각하며 살고 있습니다.

　요즘은 본격적으로 한 달에 한두 번 정도 엄마의 요리 레시피를 유산처럼 물려받고 있습니다. 지금까지 배운 요리는 열무 물김치, 백 물김치, 파김치, 고구마순 김치입니다. 내일은 엄마가 추어탕을 만든다고 시간이 되면 배우러 오라고 했는데, 이 더운 날 왜 하필 추어탕일까요? 갑자기 없는 약속도 만들고 싶어집니다.

　그동안 양배쓰 님과 교환 일기를 주고받으면서 제 삶도 천천히 조금씩 변화되어 왔음을 느낍니다. 제가 좋아하는 요리는 조금 더 탄탄해져 가고, 양배쓰 님이 알려주신 요가에도 관심이 더 깊어져 4개월째 꾸준히 요가학원에 다니고 있습니다. 저는 아침에 요가 수업에 들어갑니다. 처음 며칠은 힘들었는데, 제가 안 되는 것을 즐겨하는 타입이라 그런지 더 도전하게 되더군요. 요가 수업을 종종 들어보긴 했어도 꾸준히 3개월 동안 해본 적은 없어 스스로 매우 뿌듯해하고 있습니다.

요가는 제 몸 구석구석을 탐구하는 느낌이 듭니다. 몸 구석구석이 보이기 시작하니 제 마음도 구석구석 살피게 되더라고요.

요가를 시작하고서는 술을 마시는 자리도 많이 줄였습니다. 아침 요가에 집중하고 싶어서요. 이 마음을 오래오래 간직하고 싶습니다.

양배쓰 님, 그동안 일기로 귀한 생각과 그림을 공유해주셔서 진심으로 감사합니다. 저희의 글과 그림 덕분에 자주 넘어지는 저에게 씩씩하게 일어설 수 있는 힘이 생긴 것 같습니다. 긴 여정 함께해주셔서 감사합니다.

저와 양배쓰 님의 이야기를 읽어주신 독자 분들께도 깊은 감사를 드립니다. 이 책이 독자 분들에게 작은 힘이 되길 바랍니다.

요요일기
ⓒ 오힘·양배쓰, 2023

초판 1쇄 인쇄일 2023년 10월 20일
초판 1쇄 발행일 2023년 10월 31일

지은이   오힘 양배쓰
펴낸이   정은영
편집   전지영 전유진
디자인   이선희 이도이
마케팅   이언영 연병선 한정우 최문실 윤선애
제작   홍동근

펴낸곳   (주)자음과모음
출판등록 2001년 11월 28일 제2001-000259호
주소   10881 경기도 파주시 회동길 325-20
전화   편집부 (02)324-2347, 경영지원부 (02)325-6047
팩스   편집부 (02)324-2348, 경영지원부 (02)2648-1311
이메일   munhak@jamobook.com

ISBN 978-89-544-4965-6 (03810)